KASPERLE AUF BURG HIMMELHOCH

JOSEPHINE SIEBE

Herausgeber: Culturea (34, Hérault)
Druck: BOD - In de Tarpen 42, Norderstedt (Deutschland)
Website: http://culturea.fr
Kontakt: infos@culturea.fr
ISBN:9791041906925
Veröffentlichungsdatum: FEBRUAR 2023
Layout und Design: https://reedsy.com/
Dieses Buch wurde mit der Schriftart Bauer Bodoni gesetzt.

ER WIRT MIR GEBEN

Erstes Kapitel

Der Kasperlemann erzählt

„Bimmelimbim, hollahe, ich bin da!“ so rief unverdrossen ein Mann, der vor einem kleinen, mit einem roten Vorhang verhüllten Kasperletheater stand. Das Budchen befand sich auf einem großen Platz, auf dem es noch viele andere Buden gab, denn in dem Städtchen Wutzelheim war Schützenfest; dazu waren Karussellmänner und Schaubudenleute von weither gekommen. Um das Kasperlebudchen herum drängten sich die Kinder. Es sollte, so wurde gesagt, ein besonders lustiges Kasperle sein, das da spielte, und das Zusehen war billig. Für einen Pfennig konnte man lange stehen, und manchmal konnte man sogar ausreißen, ohne den Pfennig zu bezahlen. Aber das taten nur wenige, die meisten gaben gewichtig ihren Pfennig hin, man mußte doch Kasperle belohnen.

Immer wieder tönte das Bimmelimbim des Budenbesitzers, immer mehr Kinder liefen herzu. Endlich ging der rote Vorhang auf, und Kasperle steckte seine große, große Nase heraus und fragte: „Seid ihr alle da?“

„Ja!“ scholl es im Chor.

„Hm!“ Kasperle seufzte, schwang ein Beinchen über die Brüstung und fragte trübselig: „Ihr denkt nun wohl, ich werde kaspern?“

„Ja,“ schrien die Kinder, und ein paar Ungeduldige drängten: „Fang doch an, sonst müssen wir zum Abendbrot nach Hause!“ Es war aber erst drei Uhr nachmittags, und das Kasperle lachte etwas. „Abwarten und Tee trinken!“ rief es. „Erst muß ich euch eine Geschichte erzählen. Wollt ihr sie wissen?“

„Ja, ja,“ ertönte es von unten herauf.

„Na, dann paßt mal auf! Glaubt ihr, daß ich lebendig bin?“

Die Kinder lachten, ein paar kleine sagten schüchtern ja, die größeren aber riefen alle: „Nä, du bist von Holz“ — „Von Blech,“ rief sogar ein Mädel.

„So,“ brummte Kasperle, „na, das glaube ich doch nicht!“ Dabei schlug er mit seinen hölzernen Armen und Beinen an die Bretterwand des Budchens. Es krachte laut, und die Kinder schrien alle: „Das klingt wie Holz, du bist von Holz.“

„So, gut, also ich bin von Holz. Es gibt aber ein ganz putzlebendiges Kasperle, glaubt ihr das?“

„Nä,“ brüllten wieder die Kinder, „so was gibt's nicht.“

„Doch, so etwas gibt's, und das Kasperle sieht aus wie ich, nur ist es viel, viel größer, so groß wie der da.“ Und Kasperle streckte seinen Holzarm aus und zeigte auf Gottfried Schlippermilch, der etwa acht Jahre alt war.

„Nä,“ schrie Gottfried entrüstet, „das ist nicht wahr! Ich bin nicht wie 'n Kasperle.“

„Doch, es ist wahr, und nun kommt meine Geschichte.“

„Nä, das ist nicht wahr!“ Gottfried war sehr entrüstet, daß er Ähnlichkeit mit einem Kasperle haben sollte, und seine Kameraden mußten ihm erst ein Weilchen gut zureden, bis er schließlich sich beruhigte und still wurde.

Kasperle beugte sich weit vor und begann: „Ja, denkt euch, es gibt ein lebendiges, flinkes, lustiges Kasperle, und das wohnt seit vielen Jahren in einem Waldhaus. Das Häuschen gehört einem Kasperleschnitzer, der auch mich geschnitzt hat, und darum sehe ich so aus wie das putzlebendige Kasperle.“

„I nä!“ schrien ein paar Buben erstaunt, und Kasperle nahm flink eine alte Kartoffel und warf sie dem dicken Hansjörg an die Nase. Klatsch! Das knallte nur so.

„Stille sein!“ schrie Kasperle. „Was ich erzähle, ist wahr!“

Hansjörg rieb sich erschrocken seine Nase, und er klappte vor lauter Angst seinen Mund nun gar nicht mehr zu, doch auch die andern schwiegen ein wenig erschrocken, und Kasperle fuhr fort zu erzählen: „Das lebendige Kasperle hat einmal ewig lange geschlafen, vielleicht achtzig Jahre und noch länger. Da hat es in einem alten Schrank gesteckt, und niemand wußte es. Meister Friedolin, der Kasperleschnitzer, aber hat eines Tages in dem Schrank herumgekramt und dabei das schlafende Kasperle entdeckt. Wie das ans Licht gekommen ist, ist's aufgewacht."

„Was hat's denn da gemacht?" Ein Stimmlein klang hell aus dem Kindergewühl heraus, und diesmal warf Kasperle keine Kartoffel, es drohte nur mit seiner steifen Holzhand, gab aber doch Antwort. „Dummheiten hat's gemacht, nichts wie Dummheiten. Das Waldhaus hat es bald auf den Kopf gestellt, und dann ist es ausgerissen."

Viele Ahs und Ohs ertönten. Die Kinder sahen sich um, ob gar das Kasperle hierher ausgerissen wäre, ein paar Buben aber schrien laut: „Das ist fein!" — „Potz Wetter! Was sagt ihr da?" schrie Kasperle empört. „Fein, fein! Na, ich danke. Frech war es, so frech wie eure Nasen. Und wie hat sich das Kasperle aufgeführt, o jegerle! Erst ist's in ein Dorf gelaufen, — Protzendorf heißt es — nachdem es ein paar Büblein Hosen und Jacke weggenommen, hat sich dort als Gänsejunge verdingt und dabei die armen Gänse halb tot gehütet; dann hat es den braven Schäfer Damian und seinen Bruder Florian schlimm geärgert, und nachher ist's wieder ausgerissen."

„Fein!" schrien wieder ein paar Buben. Diesmal warf Kasperle wütend ein paar trockene Kienäpfel von oben herab. Klatsch, klatsch! Einen bekam Drehers Frieder an die Nase, der andere hopste auf drei Köpfen herum, immer von einem zum andern.

„Das ist frech!" schrien sie wieder.

„Ih, frech war Kasperles Ausreißen!" zeterte oben das Kasperle. „Und frech war es, was er dann tat. Dem Grafen von Singerlingen ist er hinten auf den Wagen aufgesprungen; so ist er mit in ein Schloß gefahren, dort ist er in die Schlagsahne gefallen und hat sich in des Herzogs, unseres Herzogs, Bett gelegt."

„Fein!" schrien wieder ein paar Buben, aber da drohte Kasperle: „Ihr werdet eingesperrt."

Da verstummten die Schreier flink, und Kasperle erzählte weiter: „Unser guter Herzog August Erasmus war damals bei dem Grafen von Markfeld zu Gaste, eine Hochzeit wurde im Schloß gefeiert, und da hat das Kasperle herumgespukt. Die kleine Gräfin Rosemarie — sie ist jetzt eine schöne junge Dame und wird nächstens einen Grafen heiraten — hat den kleinen Unnützling aus Mitleid erst in ihr Puppenbett gesteckt, dann ihm geholfen, daß er ausreißen konnte."

„Fein, fein!" brüllten wieder die Kinder. Da wurde Kasperle wütend, er schrie: „Potztausend! Das hättet ihr wohl auch getan?"

„Ja, ja!" jauchzten die Kinder. „Er soll nur kommen, wir helfen ihm schon!"

Einige Augenblicke war Kasperle muckstill; der Kasperlemann, der hinter dem roten Vorhang stand, fuhr sich mit seinem schwefelgelben Schnupftuch über das Gesicht. Er ärgerte sich. „So ist nun das Kindervolk! Da reise ich von Jahrmarkt zu Jahrmarkt, bin auf Schützenfesten, überall und immer, wenn ich erzähle: ‚Kasperle ist ausgerissen', schreien die dummen Kinder: ‚Fein, fein!' — Haue müßten sie alle haben!"

„Kasperle soll weiterreden," verlangten die Kinder vor dem Budchen.

Da ließ der Kasperlemann das hölzerne Kasperle wieder zappeln. Er steckte aber selbst seinen Kopf heraus und erzählte weiter: „Trotzdem die Landjäger aufpaßten, gelang es dem schlimmen lebendigen Kasperle doch, zu entkommen. Hoch hinauf in die Berge in das Dorf Waldrast hat er sich geflüchtet, und der Schullehrer dort hat sich seiner gar liebreich angenommen. Aber als Dank hat Kasperle nichts wie Dummheiten gemacht."

„Was hat er denn getan?" Hansjörg drängte sich ganz vor, und klatsch! schlug ihm Kasperle mit dem Bein an die Nase.

„Au!" Hansjörg brüllte, die andern schrien: „Sei doch still! Wir wollen hören, wie's weiter geht. Was hat Kasperle gemacht?"

„Nichts als Unsinn, und vor allem hat er die Base Mummeline im Schulmeisterhaus schlimm geärgert. Die hat aber herausgekriegt, daß es mit dem Kasperle nicht richtig war, und da sind Landjäger nach Waldrast gekommen, die haben Kasperle fangen wollen, denn der Herr Herzog August Erasmus hatte eine hohe Belohnung dem versprochen, der Kasperle fangen würde."

„O jemine! Die haben ihn wohl gefangen?"

„I bewahre! Stille doch, Kinder! Ausgerissen ist — —"

„Hurra, hurra!"

Der Kasperlemann ärgerte sich mehr und mehr, die Kinder jauchzten immer lauter, und von den andern Buden schauten die Leute neugierig herüber. „Beim Kasperle geht's mal wieder lustig zu," sagten sie.

„Stille, Kinder! Sonst erzähle ich nicht weiter," schrie der Kasperlemann.

„Ach ja doch, bitte, bitte, wohin ist Kasperle gelaufen?"

„Erst auf den Kirchturm; da hat er die Glocken geläutet, so daß sie alle im Dorf gedacht haben, es brenne, und in der Verwirrung und in der Dunkelheit ist — ritsch ratsch! — das Kasperle ausgerissen."

„Hurra, Kasperle soll leben!"

„Tut er ja auch," brummte der Kasperlemann. „Und gut hat er dann eine Weile gelebt; in des Herzogs Jagdschloß hat er beinahe die Räucherkammer leergegessen mit seinem Freund, dem Geißbuben Michele. Das Michele hat dem Kasperle in das Schloß hinein geholfen, und als da der Herzog August Erasmus unversehens gekommen ist, hat sich Kasperle in eine verborgene Kammer geflüchtet, und alle im Schloß haben gedacht, es spuke ein Gespenst darin."

„Uje, das ist aber fein! Ich will auch mal Gespenst sein," schrie Hansjörg.

„Ich auch, ich auch! Gespenst sein, ist fein," echote es. „Morgen spielen wir Gespenster!"

„Wie hat er es denn als Gespenst gemacht?"

Das schwätzte laut vor dem Budchen durcheinander, und der Kasperlemann brummte: „So dumm bin ich nicht, euch das zu verraten. Wer spukt, kriegt was auf den Hosenboden, und nun still! Wer redet, bekommt einen Nasenstüber."

Da waren die Kinder wieder muckstill, und der Kasperlemann erzählte weiter: „Na, kurz und gut, sie haben es im Schloß herausgekriegt, wo das Gespenst war, und da hat es Kasperle mit der Angst gekriegt und ist durch einen geheimen Gang entflohen. Vorher aber hat der Bösewicht dem Herzog noch einen schweren Geldbeutel auf den Magen geworfen."

„War Geld drinnen?" Hansjörg riß seinen Mund wieder sperrangelweit auf, und der Kasperlemann brummte: „Schafskopf, natürlich! Von was wäre er sonst schwer gewesen! Wer jetzt aber noch ein Wort dazwischenredet, muß drei Pfennige zahlen."

„Ich hab' nur einen Pfennig!" jammerte Minchen Hirsebrei.

„Na, dann halt den Schnabel! — Also, hört zu! Das Michele hat dann Kasperle wieder geholfen. Der ist ausgerissen, und wißt ihr, wohin er geraten ist?"

„Nä!" schrien die Kinder.

„Nach Torburg."

„Wir wollen ihn sehen, wir wollen ihn sehen!" kreischten die Kinder; Torburg lag im Tal; nur eine Stunde weit war es von Wutzelheim entfernt.

„Donnerwetter, bleibt doch da!" Der Kasperlemann erschrak ordentlich. Alle Kinder wollten davonlaufen, und er saß dann da und hatte keine Pfennige.

„Er ist ja nicht mehr dort," rief er darum schnell.

„Ach so!" jammerten die Wutzelheimer Kinder enttäuscht.

„Wo ist er dann?" Hansjörg drängte sich wieder ganz nahe an das Budchen, und klitsch! bekam er einen Backenstreich, aber tüchtig. Kasperle schlug mit seinem Holzbein derb zu, und Hansjörg brach in ein Jammergeheul aus: „Ich sag's meinem Vater! Ich sag's meiner Mutter, Kasperle hat mir gehaut!"

„Sei doch nicht dumm!" Die andern Kinder zerrten Hansjörg, der davonlaufen wollte, zurück, und der Kasperlemann fuhr zu erzählen fort: „Also, in Torburg wohnte ein alter Gärtner, Meister Helmer, in einem wunderschönen Garten, der nahm das Kasperle als Gärtnerburschen an. Dort hat er ein Weilchen gelebt, bis ich eines Tages nach Torburg kam und erfuhr, Kasperle sei dort. Nun hatte der Herzog August Erasmus eine noch höhere Belohnung ausgesetzt; die wollte ich mir verdienen und Kasperle fangen und —"

„Pfui!" Bums sauste ein Holzpantoffel in die Kasperlebude hinein, schlug dem hölzernen Kasperle ein Stück von seiner Nase ab und traf des Kasperlemannes Bauch. Da schrie der nun auch und jammerte laut. Fritze Dünnebein aber, der den Pantoffel geworfen hatte, reckte sich stolz auf: „Warum haste Kasperle fangen wollen!" brüllte er. „Das war böse."

„Du Dummkopf!" Der Holzpantoffel kam zurück, aber er traf Fritze nicht; der fing ihn auf, steckte wieder seinen Fuß hinein und sagte patzig: „Ich geb' dir keinen Pfennig, weil du Kasperle gefangen hast."

„Dumm, dumm, dumm!" schrie der Kasperlemann. „Ich hab' ihn doch nicht gefangen! Da ist nämlich der Meister Severin gekommen, ein Geiger und Instrumentenmacher, der allen Instrumenten eine Seele geben kann, der hat ritsch, ratsch das Kasperle genommen und es in einen schwarzen Kasten gesteckt und es in das Waldhaus zurückgetragen."

„Hurra, das ist fein! Der Meister Severin gefällt uns," brüllten die Kinder. Hansjörg aber fragte bedächtig: „Und wo ist's Kasperle nu?"

„Na, im Waldhaus!"

„Immer noch?"

„Ja, freilich! Jetzt hat er Angst; wenn er nämlich von des Herzogs Landjäger erwischt wird, ergeht es ihm übel. Dann wird er ins Loch gesteckt."

„Er soll dort bleiben," kreischten die Kinder.

„Nein, er soll nicht dort bleiben," rief der Kasperlemann grimmig, „ich will ihn fangen. Unser guter Herzog August Erasmus hat jetzt immer so arg das Zipperlein, und er möchte einen solchen Spaßmacher haben, der ihm die Langeweile vertreibt; da hat er die Belohnung erhöht, er will gern das Kasperle haben."

Die Kinder sahen sich an. Na, als Spaßmacher im herzoglichen Schloß leben, das mußte doch für ein Kasperle ganz lustig sein. Sie fragten etwas erstaunt: „Geht Kasperle net hin?"

„I bewahre, fällt ihm nicht ein! Der fürchtet sich vor dem Herzog und bleibt im Waldhaus bei Meister Friedolin und Mutter Annettchen."

„Und der Meister Severin?"

„Der lebt auch im Waldhaus. Der hat die schöne Liebetraut geheiratet, Meister Friedolins Pflegetochter. Alle leben sie vergnügt zusammen, und unser Herzog kann das Kasperle nicht fangen."

Das erschien den Kindern doch seltsam. Ein Herzog, der Landjäger hatte, der konnte doch Kasperle aus dem Waldhaus holen lassen, wenn er wußte, wo er war. Hansjörg fragte darum: „Warum holt er ihn net?"

„Weil das Landhaus im Lande des Fürsten Johann Jakob Joseph Jeremias XXXIX. steht, und das ist unsers Herzogs Feind. Der sagt: ‚Kasperle kann bleiben, wo er ist, der Herzog August Erasmus soll ihn nicht bekommen.'"

„Und das Michele?" fragte Minchen Hirsebrei mit feinem Stimmlein. „Hütet das noch die Geißen?"

„Dumm, dumm, dumm!" Der Kasperlemann schüttelte sich ärgerlich. „Die Geschichte, die ich euch erzählt habe, ist geschehen, als ihr alle noch kaum auf der Welt gewesen seid. Das Michele ist inzwischen groß und stattlich geworden und ein weltberühmter Geiger. Meister Severin hat ihm eine Geige geschenkt, die eine wunderbar zarte Seele hat, und dann hat er ihn unterrichtet. Jetzt reist Michele von Land zu Land, er spielt an Königshöfen und in großen Städten und —"

Da schwieg der Kasperlemann auf einmal und die Kinder brüllten: „Und, und, was ist und?"

„Ach, papperlapapp, das versteht ihr nicht! Jetzt gebt mal eure Pfennige her! Die Geschichte ist aus." „Nä, noch net!" Hansjörg stellte sich breitbeinig vor das Budchen hin und fragte: „Ich muß noch wissen, ob nun Kasperle auch so groß wie Michele geworden ist."

„Unsinn, du Quatschpeter! Ein Kasperle wächst nicht, das bleibt immer nur so groß wie ein kleiner Junge," brummte der Kasperlemann. „Nun raus mit den Pfennigen!"

„Leben die Leute in Waldrast noch?" rief Fritz Dünnebein.

„Freilich, freilich, selbst die Base Mummeline!"

„Und wen heiratet die Gräfin Rosemarie?" Ein kleines blondes Mädelchen, das Agathchen Morgenschön, stellte sich auf die Fußspitzen, damit es unter den langen Buben auch gesehen werde. „Die schöne junge Gräfin Rosemarie heiratet den Grafen von Singerlingen," brummte der Kasperlemann. „Der ist freilich schon ein bißchen alt für sie, aber weil ihre Eltern gestorben sind, will der Herzog, der ihr Vormund ist, sie verheiraten. Sie will den Grafen gar nicht gern, aber sie muß ihn halt nehmen." Da hielt sich Agathchen Morgenschön das Schürzlein vor die Augen, sie brach in Tränen aus und rief klagend: „Die arme, arme Gräfin Rosemarie!"

„Ach, potz Wetter, laß das Geflenne! Was geht dich die Gräfin Rosemarie an!" schrie der Kasperlemann. „Raus mit den Pfennigen!"

Da erhob sich plötzlich auf dem Platz ein lauter Lärm, Stimmen schwirrten auf: „Haltet ihn, haltet ihn!" Und da es keinen Löwen in Wutzelheim zu halten gab, mußte es jemand anders sein. Die Kinder drehten sich alle blitzschnell um, da sahen sie, wie sich ein Affe von Bude zu Bude schwang. Der war aus der Tierbude entflohen.

„Haltet ihn, haltet ihn!" ertönte es wieder.

Der Affe saß auf einem Leinwanddach und grinste von oben herab. Da vergaßen die Kinder alle miteinander den Kasperlemann und sein Kasperle, sie vergaßen aber auch, ihre Pfennige zu zahlen, sie rannten alle nach der Bude hin, auf der das Äffchen saß; selbst Agathchen Morgenschön vergaß die liebliche Gräfin Rosemarie, die den alten Grafen von Singerlingen heiraten mußte.

Vergeblich rief der Kasperlemann den Kindern nach: „Meine Pfennige, meine Pfennige!"

Husch, husch, war der Platz vor dem Budchen leer. Verdutzt sah der Kasperlemann den Kindern nach.

„Das ist doch ein unnützes Gesindel, dies Kindervolk!" brummte er ärgerlich. „Alle meine schönen Pfennige sind futsch." Er nahm seine Klingel und ließ sie laut tönen: „Bimmlimbim, bimmelimbim!"

Aber ach, du lieber Himmel, keine Bubenbeine, keine Mädelfüße kamen angelaufen! Über den weiten Platz hin tönte das Rufen und Schreien: „Haltet ihn, haltet ihn, fangt den Affen!"

Der sprang von Bude zu Bude, geriet schließlich an die Kletterstange und kletterte hinauf. Hurra, da wollten gleich zehn Buben ihm nach, aber der Mann neben der Kletterstange wehrte ab. „Gemach, gemach, immer langsam voran! Hansjörg, klettere du zuerst!"

Da kletterte Hansjörg, und als er beinahe oben war, warf ihm der Affe einen oben angebundenen Groschenwecken platsch ins Gesicht.

Da verlor Hansjörg das Gleichgewicht und sauste samt dem Wecken von oben herunter.

Fritze Dünnebein und Klaus Brenner ging es nicht besser. Ein Bube nach dem andern versuchte sein Heil, aber auf einmal besann sich oben das Äfflein und ließ Gottfried Schlippermilch, der vorher sehr wichtig getan und gesagt hatte: „Ich schaff's schon," ziemlich nahe kommen, dann ritsch, ratsch! fuhr es dem Buben in die Haare, daß es dem himmelangst wurde. Er schrie und zappelte, und als ihn das Äffchen los ließ, plumpste er wie ein dicker, reifer runder Apfel von oben herab, mitten in die Zuschauer hinein.

Da lag auf einmal nicht Gottfried allein am Boden, sondern noch etliche andere auch, sogar der dicke Herr Bürgermeister saß unversehens da. Der schalt weidlich über den Affen und die Buben, aber er wußte auch nicht, wie der Affe herunterzuholen war. Darum sagte er, der Nachtwächter müsse sich unten an die Stange stellen und aufpassen, die ganze Nacht hindurch; wenn der Affe Hunger bekäme, würde er schon herabkommen.

Das fanden alle sehr gescheit. Einstweilen blieben freilich noch die Kinder an der Stange stehen und warteten, bis ihnen ihre Mäglein knurrten, als säße in jedem ein hungriger Wolf. Da rannten sie geschwinde heim. Der Kasperlemann ließ wieder seine Klingel ertönen, aber die Pfennige blieben alle in den Kindertaschen stecken. Es war schon schlimm. Und dabei ahnte der Kasperlemann nicht einmal, daß die Kinder von seiner schönen Geschichte sagten: „Sie ist ja gar nicht wahr! Er hat uns nur etwas vorgeflunkert; ein lebendiges Kasperle das gibt es ja gar nicht!"

Nur Agathchen Morgenschön lief zur Bude hin und wollte ihren Pfennig abgeben, aber da hatte schwuppdewupp der Kasperlemann gerade zugeschlossen. Ganz bitterböse war er und dachte: Daran ist nur das unnütze lebendige Kasperle schuld! Na, wenn ich das erst fange!

Es gab nämlich wirklich ein richtiges lebendiges Kasperle, und der Kasperlemann hatte den Kindern eine wahre Geschichte erzählt. Wenn sie es auch nicht glaubten, wahr war die Geschichte doch.

Zweites Kapitel

Bei den Waldhausleuten

In Wutzelheim schien den Kindern an diesem Abend allen der Mond auf die Näslein. Er stand nämlich voll und rund am dunkelblauen Nachthimmel. Der gute Mond sah aber noch mehr als die Kinder von Wutzelheim in ihren Betten liegen, die ihre Arme, Beinchen und Nasen aus ihren weißen oder rotkarierten Federnesten heraussteckten, der gute Mond sah auch auf eine grüne blühende Waldwiese nieder. Und auf die schaute er mit besonderer Lust herab, denn was er da sah und hörte, gefiel ihm besonders wohl.

Ein Stückchen von der Grenze des Landes entfernt, in dem Herzog August Erasmus regierte, lag ein Häuschen im Walde, vor dem breitete sich eine Wiese aus und ringsum standen riesenhohe, uralte Tannen. In dem Häuschen aber wohnten der Puppenschnitzer Meister Friedolin und seine Frau Annettchen, sowie seine Tochter Liebetraut mit ihrem Mann, dem Meister Severin. Es war alles so, wie es der Kasperlemann in Wutzelheim erzählt hatte.

An diesem Abend saßen die Bewohner des Waldhauses alle still auf der Wiese, sogar die Kinder der schönen Frau Liebetraut, das Zwillingspärchen Rose und Marie, waren noch auf. Die waren erst vier Jahre alt. Herr Severin und Frau Liebetraut hatten schon ganz traurig gedacht, sie bekämen keine Kinder, da hatte ihnen Gott doch noch die lieblichen Mädelchen geschenkt. Sie lauschten alle ganz still, denn an eine Tanne gelehnt stand da Michele und spielte Geige. Neben ihm aber hockte Kasperle, das richtige, lebendige Kasperle.

Michele war kein kleines Büble mehr wie einst, als ihn Herr Severin mitgenommen hatte, er war ein großer, schöner Jüngling. In der Welt draußen nannten sie ihn den berühmten Geiger Michael. Daheim im Waldhaus, denn das Waldhaus war auch seine Heimat geworden, war er aber für alle noch das Michele.

Wenn Michele draußen in der Welt in Königsschlössern und Festsälen gespielt hatte und heimkehrte ins Waldhaus, dann galt sein erster Gruß dem Kasperle, denn das lief ihm jedesmal schon weit entgegen.

Kasperle war noch immer ein kleiner wilder Unnütz, und manchmal, wenn Michele wieder ein Stück gewachsen war, dann grämte er sich wohl über sein Kleinbleiben. Doch Michele lachte ihn aus und sagte neckend:

„Ob groß, ob klein,
Mein Freund mußt du sein."

Kasperle antwortete dann stets:

„Bleib ich auch ein kleiner Wicht,
Mein Michele vergess' ich nicht."

Und wenn Kasperle noch so toll und übermütig war, sobald das Michele auf seiner Geige spielte, dann wurde er muckstill und saß da wie in einer Kirche.

Aber Michele spielte auch wunderschön! Herr Severin, der doch ein großer Meister und Micheles Lehrer war, sagte: „Er spielt, wie der Wald rauscht, der Bach plätschert, die Vögel singen; so wie er spielt keiner jetzt auf der Welt."

Und in dieser hellen Mondnacht spielte Michele schöner als je. Am Nachmittag war er heimgekommen, und das Kasperle war ihm wie immer entgegengesprungen. Aber gleich hatte Kasperle gemerkt, dem Freunde fehlte etwas. Und als Michele jetzt spielte, da dachte das unnütze, törichte Kasperle: „Ach, des Michele Herz weint!"

„So hat er noch nie gespielt," sagte Herr Severin leise zu seiner schönen Frau Liebetraut.

Der flossen die Tränen in den Schoß. Leise rannen sie wie Regentropfen herab. Ach, dachte sie wie Kasperle, des Michele Herz weint ja!

Die Bäume rauschten nicht mehr, die Vögel, die vorher noch gezwitschert und getschilpt hatten, schwiegen. Ein paar Rehe traten aus dem Walddunkel heraus, alles lauschte dem Spiel des Michele.

Und als der den Bogen sinken ließ, konnte man die Gräser zittern hören, so stille war es im Walde.

Die Waldhausleute saßen an diesem Abend lange auf der Wiese. Der Mond vergaß das Weiterwandern beinahe, so gut gefiel es ihm wieder einmal. Auch war der alte Bursch etwas neugierig, er hätte gern gehört, was Michele erzählte. Der redete von großen Städten, in denen er gespielt hatte, auch von Schlössern und vornehmen Leuten. Und endlich sagte er: „Bei dem Fürsten von Wolkenburg habe ich auch gespielt und weißt du, wer da war, Kasperle?"

„Der Herzog!" schrie Kasperle. Er fiel vor Schreck beinahe hintenüber, denn vor dem Herzog August Erasmus, den er einmal als Gespenst arg erschreckt hatte, und der noch immer aufpassen ließ, ob das Kasperle nicht über die Grenze lief, hatte er eine Heidenangst.

„Nein," sagte Michele traurig, „der nicht, aber die schöne Gräfin Rosemarie war da, die nächstens den Grafen von Singerlingen heiraten wird."

Nun fiel Kasperle doch steif wie ein Stock hin. Denn was zuviel ist, ist zuviel, und daß die schöne Gräfin Rosemarie, die ihm einst als Kind geholfen hatte zu entfliehen, den alten Grafen von Singerlingen heiraten sollte, das ging über seine Nase.

„Ist nicht wahr!" schrie er.

„Ist doch wahr!" sagte Michele, und wieder war es, als ob sein Herz weinte.

„Ist dumm!" Kasperle streckte vor Wut die Beine in die Luft.

„Wer ist dumm? Was ist dumm?" fragte Michele.

„Sie ist dumm, dumm, erzdumm!" kreischte Kasperle.

Aber da rief Michele zornig: „Die schöne Rosemarie ist nicht dumm. Aber sie muß den Grafen von Singerlingen heiraten, der Herzog August Erasmus, der ihr Vormund ist, will es."

„Hach!" Kasperle überschlug sich dreimal, und dann hämmerte er mit den Fäusten auf dem Waldboden herum. „Ich mach dem Herzog wieder Schrecken, ich setz mich ihm als Gespenst auf den Magen, ih — ih — ih!"

Fuchsteufelswild war das Kasperle, und Michele drohte: „Nimm du dich nur in acht! Der Herzog hat jetzt das Zipperlein, da hat er gesagt, er möchte dich als Spaßmacher haben. Wer dich findet, soll dich fangen."

„Hach, ich geh nicht zu ihm!" Kasperle kreischte so laut, daß die Vögel, die nun eingeschlafen waren, in ihren Nestern munter wurden.

„Dann mußt du auch nicht immer so nahe an die Grenze laufen," sagte Herr Severin, „dort bauen sie jetzt sogar ein Wachthäuschen und wehe, wenn sie dich erwischen!" Kasperle senkte seine große Nase. Die Geschichte war ihm bänglich. Vor dem Herzog August Erasmus und seinen Landjägern hatte er große Angst. Eigentlich war Kasperle ein kleiner Ausreißer, der himmelgern einmal durch die Welt wutschte, aber seit er alle die Geschichten erlebt hatte, die der Kasperlemann in Wutzelheim erzählte, traute er sich nicht mehr weit vom Waldhaus weg. Und wenn einer nur des Herzogs Namen nannte, gleich bekam Kasperle Bauchweh vor Angst.

Über dem Gerede, daß der Herzog ihn von neuem verfolge, hatte Kasperle des Freundes weinendes Herz ganz vergessen, aber als nun Herr Severin bat: „Spiele uns noch ein Schlußlied!" und Micheles Geige so schmerzlich tönte, wurde es ihm ganz wind und weh. Sein kleines Kasperleherz brach fast vor Mitgefühl, und er war nachher beim Gutenachtsagen ganz still.

Im Waldhaus gab es nicht allzu viele Zimmer, und Michele, der doch ein weltberühmter Künstler war und in der Welt draußen reich und vornehm wohnte, mußte, wenn er heimkam, im Waldhaus immer noch in seinem alten Bubenkämmerchen mit Kasperle zusammen hausen. Aber das tat Michele gern. Als Kind hatte er bei einem Bauern auf dem Heuboden seine Liegestatt gehabt und nichts besessen als ein Höslein und zwei Hemden. Daran und wie ihn durch Kasperle Meister Severin gefunden und ihn zu einem großen Künstler gemacht hatte, mußte er immer denken, wenn er ins Waldhaus kam. „Mein liebes Waldhaus!" sagte er immer.

Auch heute stieg er ins Bubenkämmerchen hinauf; das lag unter dem Dach, und die volle, helle Mondscheibe stand vor dem kleinen Fenster. Da brauchte man nicht Licht anzuzünden, Michele sah beim Mondenlicht, daß Kasperle traurig dreinsah, und Kasperle sah das von Michele.

Es mochte ein Weilchen aber keiner anfangen zu fragen. Endlich tat das Kasperle einen kellertiefen Seufzer und fragte: „Michele, was hast?"

„Kasperle, was hast du?"

„Hach, ich hab' zuerst gefragt!" schrie Kasperle und schoß über sein Bett einen Purzelbaum hinweg und kam gerade auf des Michele Magen zu sitzen.

„Magenweh hab' ich," schrie der. „Au, bist du schwer!"

Da rutschte Kasperle auf den Bettrand und fragte noch einmal, und sein kleines, unnützes Gesicht sah dabei ganz traurig aus: „Michele, was hast?"

„Mir tut das Herz weh," antwortete Michele.

„Warum tut's weh? Sitzt was Schlimmes drinnen?"

„Ja, eine sitzt drinnen, die wird bald einen andern heiraten."

„Hach!" schrie Kasperle, „ich weiß, wer es ist: Rosemarie."

„Ja, die Gräfin Rosemarie." Michele seufzte schwer. Und dann erzählte er, wie er die schöne Gräfin Rosemarie am Fürstenhofe gesehen habe, und er habe sie gar nicht anzusprechen gewagt. Aber da habe sie ihn auf einmal leise gefragt: „Ist Herr Michael, der berühmte Geiger, nicht des Kasperles Michele?"

Da waren sie vertraut mitsammen geworden. Er hatte ihr vom Waldhaus erzählen müssen und von Kasperle, und sie waren beide glücklich mitsammen gewesen. Auf einmal aber sei der Herzog August Erasmus gekommen, mit ihm der Graf von Singerlingen, und da sei eins, zwei, drei Verlobung gefeiert worden, und in vier Wochen sollte Hochzeit sein. Michele aber hatte die schöne Gräfin Rosemarie nur noch einmal gesehen, da hatte er gespielt, und sie hatte dagesessen und die Tränen waren in ihren Schoß gefallen.

„Seitdem weint meine Geige immer, wenn ich spiele," sagte Michele, „und viele Menschen weinen mit. Das kommt, weil ihr Herr Severin eine so zarte Seele gegeben hat."

„Ich geh' als Gespenst zum Herzog," kreischte Kasperle. Er trommelte wütend auf der Bettdecke herum.

Michele aber erwiderte: „Kasperle, das hilft nichts. Die schöne Rosemarie wird Frau Gräfin von Singerlingen, und ich muß einsam bleiben mit meinem traurigen Herzen."

Kasperle schluchzte laut. Der Freund tat ihm zu leid, und er sagte: „Michele, ich helf' dir."

„Wie denn, Kasperle?"

Ja, wie denn? Wenn Kasperle das nur gleich gewußt hätte! „Ich entführe Rosemarie," schrie er endlich.

„Da mußt du erst ins Schloß gelangen, und das ist schwer. Da gibt es viele Wächter und Hunde, an denen du vorbei mußt. Und jetzt läßt der Herzog sogar noch überall Kasperles aufstellen, die aussehen wie du, überall an Weg und Pfad, auf Grenzsteinen, an Schlagbäumen setzt er Kasperlepuppen hin, darunter steht: ‚Wer einen, der lebendig ist und so aussieht, fängt, der bekommt hunderttausend Taler.'"

„Huuuh!" Kasperle riß nun aber seinen Mund sperrangelweit auf. „Das ist zuviel!" schrie er.

„Ja, viel ist's schon, und du kannst dir denken, wie arg alle Leute aufpassen, um dich zu fangen."

Kasperle nickte trübselig. Das war nun arg schlimm! Er dachte, daß neulich der böse Bäcker aus Protzendorf am Waldhaus vorbeigefahren war und gerufen hatte: „Komm mit, Kasperle, ich fahr' dich ein Stück!" Ja, und beinahe wäre er der Einladung gefolgt. O jemine, da wäre er bös hereingefallen!

„Aber woher hat der Herzog denn alle Kasperles?" fragte er plötzlich.

„Die hat der gute Meister Friedolin selbst geschnitzt." Michele streichelte seinen kleinen Freund. „Alle Kasperlemänner haben bei ihm neue Puppen bestellt; die hat ihnen dann der Herzog für viel, viel Geld abgekauft."

„Ich bleib' im Waldhaus und gehe keinen Schritt mehr raus," rief Kasperle ängstlich.

„Ja, das tu nur!"

„Aber Rosemarie!" Auf einmal fiel die dem Kasperle wieder ein, er rief: „Ich helfe dir."

„Ach, mir kann niemand helfen!" klagte Michele. „Und meine Geige wird immer, immer weinen müssen."

„Nä," schrie Kasperle, „ich helfe dir, ich weiß noch nicht wie, aber über Nacht ist's gedacht."

Und dann stieg Kasperle in sein Bett, denn allemal, wenn er über etwas nachdenken wollte, fand er es am besten, im Bett zu liegen oder draußen unter einer der großen, uralten Tannen. Viel dachte das Kasperle ja gerade nicht nach. Wenn es sagte: „Ich will's mir überlegen," und im Bett lag, dann rasselte das nachher gleich fürchterlich: das Kasperle schlief und schnarchte.

An diesem Abend aber blieb es still im Bubenstübchen, in dem nun auch wieder der berühmte Geiger Michael lag. Der seufzte manchmal tief, und dann steckte Kasperle seine Nase tief, tief in die Kissen hinein und seufzte auch.

Und der Mond schüttete seine silbernen Strahlen in die kleine Kammer. Ach, hätten darauf doch lauter gute und absonderlich kluge Einfälle gesessen! Wunderbar war es aber, immer wenn der Mond so recht hell schien, dann meinte Kasperle ein weißes Haus zu sehen, einen Garten mit bunten Blumen, und in dem Garten saß er, sah froh zu dem Hause hin und dachte: Endlich bin ich daheim! Und dann kamen etliche Kasperlebuben und Kasperlemädels angehüpft, die riefen: „Endlich bist du wieder auf unserer Insel!"

Wie sonderbar das war! Auch heute sah Kasperle das weiße Haus und den bunten Garten vor sich, und dabei lag er doch im Bett und dachte darüber nach, wie er dem Michele helfen könnte.

Kasperle schlug die Augen wieder auf. Der Mond sah noch immer in das Kammerfenster hinein, er lachte ordentlich. Und auf einmal, er wußte kaum, wie es geschehen, stieg Kasperle leise, leise aus dem Bett, kletterte auf das Fenster, kletterte hinaus, schwang sich draußen auf das Dach, und da saß er im vollen Mondenlicht auf dem Dach des Waldhauses.

Wie schön das war! Licht floß an den hohen Tannen herab, glitzerte unten auf der Waldwiese, und die Bäume rauschten geheimnisvoll. Und wie Kasperle so saß und in den Wald hineinsah, blickte er auch die drei Wege entlang, die von den Dörfern Lindendorf, Schönau und Protzendorf nach dem Waldhaus führten.

Auf dem Wege aber, der von Protzendorf herkam, wanderte ein Mann. Komisch war das, der Mann ging gebückt, blieb manchmal stehen und schaute sich dann um, als ob er irgend etwas vorhätte und sich nicht recht traute.

Warum nur Flock nicht bellt! dachte Kasperle, und gerade da kam Flock angerannt. „Wauwauwau!" bellte er laut, aber da warf ihm der Mann etwas hin und schnapp! griff Flock danach. Wahrhaftig, es sah wie eine große Wurst aus! Und Flock vergaß rasch das Bellen. Kasperle dachte: Na, warte du, du bist mir ein schöner Wächter!

Himmel, und was geschah nun!

Kasperle legte sich vor Schreck platt auf das Dach. Er sah nämlich, wie der Mann sich an das Waldhaus heranschlich, eine Leiter nahm und diese gerade an das offene Kammerfenster lehnte, aus dem Kasperle vor einem Weilchen herausgeklettert war.

Ja, und potztausend, der Mann war der Schäfer Damian ohne Maul aus Protzendorf! Den hatte Kasperle einst arg gekränkt auf seiner kunterbunten Reise in die Welt hinaus, von der der Kasperlemann den Kindern in Wutzelheim erzählt hatte. Und jetzt wollte ihn Damian heimlich rauben, ganz sicher wollte er das!

Ei, das soll dir schlecht bekommen! dachte Kasperle. Er rutschte auf dem Dach entlang, leise, ganz leise, und als Damian gerade in das Kammerfenster gewutscht war, gab er von oben der Leiter einen Stoß und fing ein mörderliches Geschrei an: „Michele, Michele, zur Hilfe!"

Damian, der in dem Kämmerchen stand, erschrak, er hörte das Schreien und sah plötzlich, wie jemand aus dem Bett aufstand, der groß und kräftig war, gar nicht so klein wie das Kasperle.

Michele hörte Kasperles Rufen, sah den fremden Mann in der Kammer und ripsch, rupsch nahm er einen Stuhl und schlug den Damian ohne Maul um die Ohren. Kasperle aber hatte auf dem Dach eine Latte gefunden; mit der rutschte er wieder in die Kammer, und klitsch, klatsch schlug er Damian auf den Hosenboden.

Der wußte gar nicht, wie ihm geschah, er wollte ausreißen, denn die beiden in der Kammer bedrängten ihn hart, und dazu schrien alle beide, daß das ganze Haus munter wurde. Man hörte Rufen, Schritte polterten, und da hatte Damian ohne Maul das Fenster erreicht und potz Kuckuck! — weg war die Leiter.

Plumps! fiel Damian von oben herab. Er fiel mit der Nase in etwas Nasses, daß es hoch aufspritzte. Meister Friedolins roteKasperlefarbe war es, die da unter dem Fenster stand, und weil er wieder eine Anzahl Kasperle anmalen wollte, hatte er gleich ein bißchen viel in einer flachen Schüssel angerührt.

Pfui, wie das roch und schmeckte!

Damian ohne Maul erhob sich stöhnend. Er witschte und spuckte, und da packten ihn kräftige Hände. Meister Friedolin war es und Herr Severin. Michele war auch dazu gekommen, und das Kasperle drosch mit seinem Holzscheit vergnügt auf Damians Hosenboden herum, als wäre das ein Teppich, den er ausklopfen sollte.

Da hatte Damian ohne Maul auf einmal ein Maul. Das riß er sehr weit auf, er schrie mörderlich, bat, man solle ihn laufen lassen, und drehte und wand sich. Hops, hops sprang Kasperle um ihn herum, es war schon recht unangenehm für Damian. Herr Severin und Michele hielten ihn schließlich fest, und Herr Severin fragte: „Was wolltest du stehlen?"

„Mich!" — Klitsch, klatsch! — „Mich, mich!" schrie Kasperle. „Das ist Damian ohne Maul, der hat mich stehlen wollen."

Da senkte Damian beschämt den Kopf und sagte kläglich, der Herzog August Erasmus habe so eine große Belohnung ausgeschrieben; die habe er sich verdienen und wirklich das Kasperle stehlen wollen. Der Kasperlemann, der ihn dazu ansgestiftet, der habe ihm verraten, wo Kasperles Kammer sei.

„Ei, das sind ja schöne Geschichten!" rief Meister Friedolin. „Solange ich im Waldhaus wohne, ist so ein schlechter Mensch noch nicht dagewesen."

„Ich bin nicht schlecht, — au, au!" schrie Damian, denn Kasperle schlug noch immer auf ihn los. Da faßte Michele Kasperles Hand und sagte: „Nun hat er genug. Die Geschichte wird unserem Fürsten Johann Jakob Joseph Jeremias gemeldet und dem Bauer Strohkopf in Protzendorf dazu, da wird der Damian schon seine Strafe bekommen."

Dem langen Damian wurde es himmelangst, und er, der sonst am Tag kaum drei Worte sprach, bettelte und bat jetzt kläglich, man möchte ihn nicht verraten, er würde Kasperle auch immer beschützen, wenn es einmal in Gefahr geriete.

Der Damian jammerte so, daß Kasperle geschwind vor lauter Mitgefühl ein jämmerliches Geheul anfing und flehte: „Laßt ihn los, ach bitte, bitte, bitte!"

„Na meinetwegen!" brummte Meister Friedolin, Herrn Severin war es auch recht, und Frau Liebetraut streichelte Kasperle und sagte: „Das ist mal recht von dir, daß du den Damian losbittest!"

Da durfte der heimwärts ziehen, die Leute im Waldhaus sagten ihm zu, sie würden ihn nicht anklagen, und Damian versprach nochmals heilig und teuer, wenn er einmal dem Kasperle helfen könne, würde er es tun. Zu guter Letzt gab ihm Kasperle noch die Hand, und Damian trollte sich von dannen.

Im Waldhaus gingen alle in ihre Betten, auch Kasperle kroch hinein, und jetzt lockte und rief ihn der Mond nicht mehr. Der war weiter gewandert, fing schon an, blaß vor Ärger zu werden, denn er sah den neuen Tag heraufziehen, und er fand, er könnte ganz gut einmal die Sonne vertreten und am Tage scheinen. Doch die wollte sich das nicht gefallen lassen. Auf einmal war sie da, die Vögel sangen ihr jubelnd entgegen, im Bubenkämmerlein aber lag Kasperle noch immer mit offenen Augen im Bett. Und gar nicht froh sah er aus, sondern höchst betrübt. Ihm war nämlich eingefallen, wie er dem Michele helfen könnte. Aber das war ein schweres Werk, fast zu schwer für ein Kasperle!

Drittes Kapitel

Kasperles Brief

Der Kasperlemann in Wutzelheim kriegte seine Pfennige nicht, und er kehrte den Wutzelheimer Kindern erbost den Rücken. Ehe die am nächsten Morgen aufstanden, war der Kasperlemann samt seinem Budchen, das er auf einen Eselkarren geladen hatte, schon auf und davon gezogen. Weg war er. Niemand wußte wohin, niemand hatte ihn wegfahren sehen. In Wutzelheim sagten sie, so etwas tue man doch nicht, wenn einer einmal zum Schützenfest komme, dann müsse er auch bis zum Schluß bleiben. Aber alles Reden half nichts, der Kasperlemann war weg und blieb weg. Die Kinder fuhren für ihre Pfennige Karussell, das war auch lustig.

Unterdessen aber rollte des Kasperlemanns Wäglein dem Schlosse zu, in dem die schöne Gräfin Rosemarie wohnte. Der Graf von Singerlingen hatte nämlich einen Boten geschickt, der Kasperlemann möchte flink dorthin kommen. Mit Prunk und Pracht sollte die Hochzeit gefeiert werden, der Herzog wollte dazu kommen, und um den Gästen einen Spaß zu bereiten, hatte der Graf von Singerlingen gemeint, ein Kasperlespiel wäre sehr lustig und unterhaltsam.

In acht Tagen sollte die Hochzeit stattfinden. Die schöne Rosemarie ging mutterseelenallein durch den Wald, der sich östlich vom Schlosse hinzog. Sie dachte traurig daran, daß sie nun den alten Grafen von Singerlingen heiraten sollte und doch den Geiger Michael von Herzen liebhatte. In den Bäumen sangen die Vögel,die feinen, zarten Waldblumen drehten alle dem schönen Mädchen ihre Gesichtchen zu, und die hohen Bäume rauschten; wie ein liebes, lindes Trösten klang es. Ach, dachte Rosemarie, wenn mir doch jemand helfen möchte! Ich bin so mutterseelenallein in der Welt. Sie setzte sich auf einen umgeschlagenen Baumstamm und begann bitterlich zu weinen.

Da kam ein Wanderbursch vorbei, der sang vergnügt vor sich hin:

„Nur tapfer sein,
Nur net verzagt!
Der Sonne Schein
Blinkt wieder, wenn's tagt.
Trallalala, Trallalala!

Meine Fiedel soll klingen
Lieblich und fein,
Ein Lied will ich singen
Wie's Waldvögelein.
Trallalala, Trallalala!

Drum zieh ich hinaus,
Die Fiedel zieht mit;
Im Wald steht ein Haus,
Da sag' ich meine Bitt'.
Trallalala, Trallalala!"

Auf einmal entdeckte der Wanderbursch die schöne Rosemarie, und er fragte mitleidig: „Warum weint Ihr, schönes Fräulein?"

„Weil mir das Herz weh tut," antwortete Rosemarie. „Aber sage, wohin ziehst du? Wo ist das Haus im Walde, und was für eine Bitte wirst du dort sagen?"

„Ei," erwiderte der Wanderbursch, „mir tut's arg leid, daß Euch das Herz weh tut, schöne Gräfin! Aber wartet nur, ich werde kommen und Euch helfen. Ich ziehe ins Waldhaus, das liegt hinter dem Herzogtum; dort wohnt der Meister Severin, der kann allen Instrumenten eine Seele geben, zu dem will ich meine Fiedel bringen. Und der Herr Michael ist dort, der der allerberühmteste Geiger ist, den will ich bitten, er soll mir zeigen, wie man so wunderschön spielt. Und dann komme ich zurück und spiele Euch etwas vor; da werdet Ihr froh werden und wieder lachen."

Rosemarie seufzte nur bei diesen Worten, und sie fing noch bitterlicher zu weinen an. Dem Wanderburschen tat sie arg leid, und er dachte: Ich will flink laufen, damit meine Fiedel eine Seele bekommt und ich die arme schöne Rosemarie recht trösten kann. Und er rannte spornstreichs davon, um nur ja recht schnell in das Waldhaus zu kommen.

In seinem Eifer sah der Wanderbursch gar nicht, daß die schöne Gräfin Rosemarie nur noch bitterlicher weinte. Er lief wie ein Hase, und als er auf der Landstraße eine schnelle Post fahren sah, sprang er hinten auf und dachte: So komme ich gewiß heute noch ins Waldhaus.

Ein bißchen länger dauerte es aber doch. Die Post hielt sehr lange an einem Wirtshaus, und erst am zweiten Tag kam er nach Protzendorf. Dort fragte er den ersten besten, der ihm begegnete, nach dem Weg, der zum Waldhaus führe. Das war nun gerade der Schäfer Damian. Der schrie gleich los: „Ich leid's net, ich hab's versprochen, das Kasperle zu beschützen." Und er hob drohend seinen langen Schäferstab gegen den Wanderbursch.

Der dachte: Ei, bei dem Schäfer scheint's nicht richtig zu sein! Und weil er keinen so langen Stock hatte, lief er flink davon.

So kam er schneller an die Grenze, als Damian dachte. Und weil er gerade im Laufen war, lief er auch an der Schildwache vorbei, ehe die sich noch recht besonnen hatte, wer wohl der Wanderer sein könnte.

Nachher rief der Landjäger, der Wache stand, flink einen zweiten aus dem Häuschen heraus, und alle beide schrien: „Hollahe, nicht davonlaufen!" aber da war der Wanderbursch schon am Waldhaus.

Vor dem Waldhaus schlug Kasperle Purzelbaum, einen, noch einen, schnell und schneller. Der Wanderbursch blieb verdutzt stehen, und auf einmal schlug ihm Kasperle mit seinem Bein an die Nase.

„Au!" schrie der Wanderbursch und hielt sich seine Nase fest.

„Au!" kreischte Kasperle und steckte seinen Fuß in den Mund.

Beide schauten sich an, und beide fragten zu gleicher Zeit: „Wer bist du denn?"

Kasperle, der nun schon wußte, es war besser, keinem Fremden zu sagen, er sei ein echtes, rechtes Kasperle, grinste nur, der Wanderbursch aber erzählte: „Ich heiße Jörgel und suche den Meister Severin und Herrn Michael."

„Hach!" schrie Kasperle. „Wo kommste denn her?"

„Von weit her," sagte Jörgel. „Aber weißt du, vor ein paar Wochen hab' ich einen Kasperlemann gesehen, dessen Kasperle sah genau so aus wie du."

„Hach!" schrie Kasperle wieder und schnitt ein fürchterliches Gesicht. „Dumm, dumm wenn du nichts weiter gesehen hast!"

„Ei, was bist du für ein frecher kleiner Kerl!" rief Jörgel gekränkt. „Nennst mich dumm, und dabei bin ich noch einmal so lang wie du und gewiß noch einmal so gescheit wie du. Und gesehen habe ich schon allerlei, gestern zum Beispiel im Walde die schöne Gräfin Rosemarie. Die saß da und weinte, und sie sagte, ihr Herz täte ihr weh. Na, ist das auch dumm?"

Kasperle gab keine Antwort. Er streckte sich auf einmal lang aus, lag da ganz steif, verdrehte die Augen, und dem Jörgel wurde himmelangst. Er wollte schon ins Waldhaus laufen und Hilfe holen, denn er dachte: Der schnurrige kleine Kerl stirbt hier unversehens auf der Waldwiese. Doch da richtete sich Kasperle auf und rief:

„Bleib hier und kein Wort darfste von Rosemarie sagen! O jegerl, o jegerl, ich armes, armes Kasperle! Nun muß ich es doch tun."

Und flugs fing das Kasperle so schrecklich zu heulen an, daß es alle im Waldhaus hörten. Michele und die schöne Frau Liebetraut kamen gleich angerannt, und die dachten gar, der Wanderbursch hätte Kasperle etwas zuleide getan. Michele schalt heftig auf den armen Jörgel ein, doch da schrie Kasperle: „Er hat nichts getan. O jemine, o jemine, mein Bäuchle, mein Bäuchle!"

Da hob Frau Liebetraut das Kasperle empor, trug es in das Haus, legte es in sein Bett, und das törichte Kasperle klagte nur immer: „Mein Bäuchle tut weh, mein Bäuchle!" Und dabei war es doch sein kleines Kasperleherz, das ihm vor lauter Mitgefühl so bitter weh tat. Er wollte ja so gern Michele und der schönen Rosemarie helfen, wußte auch, wie er es wohl anfangen könnte, aber — aber schwer war es, sehr, arg schwer.

Kasperle lag in seinem Bett und heulte. Jörgel saß unten und Herr Severin fing an, auf seiner Geige zu spielen. Das klang süß und fein durch das Haus, und dann nahm Michael die Geige und spielte darauf, und da schwiegen die Vögel im Walde, die Bäume stellten das Rauschen ein, alles lauschte, so lieblich und zart zugleich klang es.

Kasperle hörte das Spielen, und plötzlich kletterte er aus seinem Bett heraus und ging an des Michele Schreibzeug. Der mußte oft Briefe in die Welt senden, und er hatte einen ganzen Berg Briefpapier daliegen. Von diesem suchte sich Kasperle den allerschönsten Bogen heraus, und weil er, seit er in Waldrast in die Schule gegangen war, etwas schreiben konnte, fing er an, einen Brief zu schreiben. Auf, ab, kreuz, quer — die Buchstaben standen da wie die Halme eines Roggenfeldes, wenn Hagel darüber hingegangen ist. Zuletzt malte Kasperle mit ungeheuren Buchstaben seinen Namen darunter, und dann war der Brief fertig.

Kleckslein gab es etliche. Wen störte das? Kasperle nicht. Der tat den Brief in einen Umschlag und verbarg ihn in seinem Wämslein. Und dann ging er auf Kasperleart die Treppe hinab, er schlug einen Purzelbaum und war schneller unten, als ein Sperling fliegt.

Weil alle im Hause auf Micheles Spiel hörten, achtete niemand auf das Kasperle. Das flitzte davon; heidi! weg war es. Es rannte durch den Wald, den Weg entlang, der nach Protzendorf führte. Fein sorgsam hielt es sich aber im Gebüsch verborgen, und als es endlich Stimmen hörte, kletterte es flink auf eine hohe Tanne. Von dort aus erblickte Kasperle das neue Grenzwächterhaus; er sah zwei Grenzwächter vor der Türe sitzen, die redeten miteinander und schauten immer nach rechts und nach links, um heute ja niemand mehr zu verpassen.

Kasperle nahm den Brief, wickelte ihn um einen Stein, den er sich mitgenommen hatte, knotete sein Taschentuch darum und warf alles den Grenzwächtern vor die Füße.

Bums! fiel das Päckchen vor beiden nieder. Die schauten sich verdutzt um, sie sahen aber niemand und nichts. Kasperle war rasch von der Tanne halb heruntergeglitscht. Er konnte aber gerade noch die beiden Wächter sehen. Die knoteten das Tüchlein auf, fanden den Brief und lasen erstaunt: „An Härzog Aukuhst Ehrasssmuhs fon Kasperle."

„Potztausend!" riefen beide. „Das ist aber mal ein dummer Streich!" Weil Kasperle den Umschlag nicht geschlossen hatte, konnten sie auch lesen, was in dem Brief stand.

> „Hähr Härzog iich Kasperle wil bai diech gomen un fiel Schbaasen magen wen Krefin Rohsemarie heurathen dut main Freund Michele. Un ich reisse niemalen auhs, nuhr wen du sackst: gäh sum Teifele Kasperle. Dan gäht Kasperle — ahber for immer. Schmaise auch ainen Briff übber die Gränze miht dain Wort. Dann gomd bästimt
>
> Kasperle."

„Je, je, je! Ist das nun ein richtiger Brief, oder ist's 'n Schabernack?" meinte der eine Wächter, und der andere brummelte: „Hm, hm, so'n Geschreibe könnte schon ein Kasperle fertig bringen!"

Und dann legten alle beide die Finger an die Nasen und überlegten, ob sie den Brief dem Herzog bringen sollten.

„Ja," sagte der eine.

„Nein," rief der andere.

„Recht — nein," antwortete der erste.

„Recht — ja," erwiderte der zweite.

Da rief der erste wieder ja und der zweite wieder nein, und schließlich nahmen sie ein langes und ein kurzes Holz und zogen. Der erste zog das lange, und da fiel es beiden ein, sie hatten gar nicht ausgemacht, ob das lange oder das kurze Holz ja sein sollte.

Das Gestreite ging noch eine Weile hin und her, und es wäre viele Tage wohl noch so gegangen, wenn nicht der Bauer Strohkopf aus Protzendorf gekommen wäre. Den hielten die beiden Wächter für einen absonderlich klugen Mann, und sie legten ihm Kasperles Brief vor und fragten: „Hat das Kasperle geschrieben?"

Der Bauer Strohkopf nahm den Brief, las ihn bedächtig einmal, noch einmal, denn das Lesen war ihm eine mühsame Sache, und endlich legte er den Finger an die Stirn, schaute die beiden Wächter mitleidig an und sagte: „Na, da steht doch Kasperle darunter, also muß er doch den Brief geschrieben haben!"

„Aber," rief der eine Wächter und legte wieder den Finger an die Nase, „wenn sich doch jemand einen Spaß gemacht hätte?"

„Aber es steht doch Kasperle darunter!" Der Bauer Strohkopf lachte, es klang, als rassle eine alte Pauke. „Dumm, dumm, dumm! So schlecht kann wohl überhaupt niemand schreiben, wie der Brief geschrieben ist," rief er. Ach, lieber Himmel, und dabei konnte der Bauer selbst kaum schreiben!

Aber die Grenzwächter sagten, sie glaubten, er habe recht, und einer von ihnen sollte den Brief zu dem Herzog tragen. Der ältere rief: „Allemal der Älteste."

„Nä," rief der Bauer, „der Jüngste muß es sein, er hat die flinksten Beine!"

Wieder sagten die beiden, der Bauer Strohkopf wäre doch erstaunlich klug, und der dicke Bauer grinste und versprach ihnen, er würde ihnen einen Schinken schicken, so sehr hatte ihm die Rede der Grenzwächter geschmeichelt.

Der jüngere Wächter lief nun mit dem Bauer nach Protzendorf, denn der wollte ihm einen Wagen geben, damit er schneller zum Herzog käme, und er rannte so flink, daß der dicke Bauer kaum nachkommen konnte und unterwegs meinte, es wäre doch besser gewesen, den älteren zu nehmen.

Das alles hörte Kasperle nicht, aber er sah den Grenzwächter rennen, und sein kleines Kasperleherz bebte vor Angst. Zu dem Herzog gehen, vor dem er sich so schrecklich fürchtete, es war wirklich sehr schwer! Und tiefbetrübt rutschte er von der großen Tanne herab und schlich sich in das Waldhaus zurück.

Der Wächter fuhr unterdessen mit dem Bauer Strohkopf in das Land hinein. Dem war es auf einmal eingefallen, wenn er mitführe, könnte er gar noch eine Belohnung erhalten. Die beiden langten ganz spät am Abend am Schloß der Gräfin Rosemarie an, und der Wächter sagte: „Hier rasten wir."

„Ja," brummte der Bauer und dachte bei sich: Ich fahr' allein weiter, denn dann sage ich dem Herzog zuerst die Botschaft. Es war dumm, daß ich den Wächter mitnahm.

Dieser ging in das Schloß, um zu fragen, ob man ihm wohl gestatte, im Heuschober zu schlafen, und drinnen erfuhr er, der Herzog sei gerade angekommen. Er lief eiligst hinaus, sah den Bauer wer weiß wohin fahren, ließ ihn ziehen und sagte drinnen gewichtig: „Ich bringe einen Brief von Kasperle."

„Bewahr' mich vor dein Ungetüm!" rief die alte Liesetrine. „Raus, raus! Mit einem, der Kasperle kennt, will ich nichts zu schaffen haben."

Da wäre beinahe der Wächter mit seinem schönen Kasperlebrief noch hinausgeworfen worden. Er erhob aber seine Stimme laut und schrie so heftig, daß es durch das ganze Schloß hallte: „Ich komme von Kasperle, ich komme von Kasperle, Kaaasperle!"

Das hörte ein Diener des Herzogs, der sagte es dem zweiten Kammerdiener, der wieder sagte es dem ersten Kammerdiener, der sagte es einem Kammerherrn, der sagte es dem Oberhofmeister, und der sagte es schließlich dem Herzog.

Und gerade plagte den Herzog August Erasmus das Zipperlein, als er von Kasperles Brief erfuhr. Da ließ er sehr geschwinde den Wächter kommen, und der übergab ihm den Brief. Der Herzog las und schüttelte den Kopf, und er reichte den Brief seinem Oberhofmeister. Der las und schüttelte auch den Kopf. Der Kammerherr aber, der dann den Brief zu lesen bekam, schüttelte den Kopf, ohne zu lesen. Da sagte der Herzog: „Merkwürdig!" und alle im Zimmer sagten auch: „Merkwürdig!"

Der Wächter mußte nun erzählen, wie er den Brief gefunden hatte, und er sagte: „Er ist gewißlich von Kasperle; der Bauer Strohkopf sagt's auch."

„Dummkopf!" brummte der Herzog, der es unschicklich fand, in seiner Gegenwart von einem Bauern zu reden, der Strohkopf hieß.

„Strohkopf heißt er, halten zu Gnaden!" Der Wächter dachte, der Herzog habe ihn nicht richtig verstanden. Da rief der wieder ärgerlich: „Dummkopf!"

„Strohkopf, halten zu Gnaden!" Puff, stieß ein Kammerherr den Wächter an, er solle stille sein.

„Esel!" schrie der Herzog. „Geh er hinaus! Ich muß mich mit meinem ersten Minister beraten, was ich tun soll."

Da rannte der Wächter hinaus und schrie schon an der Türe: „Der Herr Minister soll zum Herzog kommen!"

„Esel!" brüllte der Herzog.

„Der Herr Minister Esel soll zum Herzog kommen!" brüllte der Wächter, der nicht anders meinte, als dies sei der Name des Ministers. Er selbst hielt sich für so klug, daß er nicht dachte, jemand, selbst ein Herzog, könnte ihn Dummkopf oder Esel schelten.

Der gute Minister aber wollte gerade in sein Bett steigen, als sich draußen das Geschrei erhob. Er erschrak darob so sehr, daß er wieder aus seinem Bette herausfiel und in der Verwirrung seinen Rock als Hose nahm und die Hose als Jacke anziehen wollte. Zuletzt kam er aber doch in seine Sachen, er ging in des Herzogs Zimmer, und der hielt ihm Kasperles Brief hin.

„Ich will das Kasperle haben," rief der Herzog. „Meinetwegen mag die Gräfin Rosemarie in acht Tagen den Geiger Michael heiraten."

„Und der Graf von Singerlingen?" fragte der Minister.

„Der kriegt eine Prinzessin. Ich habe doch noch meine Base Gundolfine, die will gerne einen Mann, und ich mag sie nicht heiraten. Der Graf von Singerlingen tut mir schon den Gefallen und heiratet sie. Nun soll geschwind an Kasperle geschrieben werden, wenn er zum Hochzeitstag mit seinem Michael hierherkommt, dann erhält der die Gräfin Rosemarie und ich mein Kasperle. Aber das ist ein großes, großes Geheimnis!"

Wutsch! legten alle den Finger auf den Mund, und ein Diener lief hinaus, um den Wächter zu suchen, damit der nichts verrate. Er fand ihn, als der gerade der alten Liesetrine von Kasperles Brief erzählte. Eben wollte er sagen: „Der Geiger soll die Gräfin Rosemarie heiraten," da schlug ihm der Diener mit der Hand auf den Mund. Das klatschte tüchtig, und der Wächter brachte kein Wörtlein heraus. Der Diener schleppte ihn zum Herzog, und dort hatte der Minister gerade den Brief fertig geschrieben. Der lautete:

> „Wir Herzog August Erasmus VI. von Himmelhoch sagen Dir, Kasperle, daß alles vergeben und vergessen sein soll, was Du einstmals Unnützes getan hast, auch daß Du Uns vor zwölf Jahren einen Geldsack auf den Bauch geworfen hast, wenn Du fortan so lange in Unseren Diensten sein willst, bis Wir sagen: ‚Scher Dich zum Teufel!' Alsdann magst Du zum Teufel gehen. Sei in vier Tagen mit dem Geiger Michael hier, er soll dann die Gräfin Rosemarie heiraten. Hältst Du Uns aber zum Narren, dann wehe Dir, Kasperle, dann ergeht es Dir ganz schlimm! So ist mein Wort."

„Punktum!" sagte der Herzog und klebte ein dickes, großes Siegel unter den Brief. Den bekam der Wächter, und der dachte, es gäbe nun auch eine Belohnung, aber die gab es nicht; der Herzog sagte, erst müsse er Kasperle haben.

Da zog der Wächter ab, und weil es eine mondhelle Nacht war, ging er gleich zurück. Als er ein Weilchen gewandert war, kam der Bauer Strohkopf hinter ihm her. Der hatte im nächsten Ort erfahren, daß der Herzog bei der schönen Gräfin Rosemarie weile. Nun war er arg wütend, denn im Schloß hatte man ihn nicht einmal eingelassen. Der Herzog lag schon im Bett und der Wächter war unterwegs.

„He, hollahe!" schrie der Bauer Strohkopf. Er dachte: Nun erfahre ich doch etwas! Aber klatsch! da hielt sich der Landjäger die Hand vor den Mund, und der gute Strohkopf konnte fragen, soviel er wollte, er erfuhr kein kleines Wort.

Mitfahren tat sein Genosse schon, und von des Bauern Schinkenbroten schmauste er auch, aber reden tat er nichts, fiel ihm nicht ein! Und in Protzendorf sprang er sehr geschwinde vom Wagen und lief davon, und er vergaß sogar das Dankeschönsagen. Na, manierlich war das wirklich nicht!

Viertes Kapitel

Die Reise nach dem Schloß der Gräfin Rosemarie

Ich möchte nur wissen, was unserem Kasperle fehlt!" sagte im Waldhaus die schöne Frau Liebetraut zu ihrem Manne an diesem Abend.

Ja, der wußte es auch nicht, niemand wußte es, selbst Michele nicht. Kasperle hing seine Nase wie eine Trauerweide ihre Zweige. Er redete nicht, er lachte nicht, er schlug keine Purzelbäume, — Kasperle war gar nicht Kasperle.

„Er ist krank," sagte Michele. Und er bat den kleinen Freund herzlich und gut, er möge ihm sagen, was ihm fehle. Doch da brach Kasperle in ein erschreckliches Geheule aus, er heulte und heulte, die Vögel verkrochen sich vor Schreck in ihren Nestern, und die Rehe, die sonst bis an das Waldhaus gelaufen kamen, rannten davon.

Nein, wie konnte Kasperle auch heulen!

Michele legte ihn ins Bett, und alle Waldhausleute saßen drum herum, redeten ihm gut zu, trösteten und fragten nach seinem Herzeleid, aber Kasperle schwieg. Er steckte seine Nase in die Kissen und tat, als ob er schliefe. Da ließen sie ihn schließlich allein. Mutter Annettchen sagte: „Er muß sich ausschlafen, dann wird es schon wieder gut sein."

In dieser Nacht stand der Mond wieder über dem Waldhaus, sah wieder in das Stübchen hinein, in dem Michele fest schlief, das Kasperle aber traurig auf dem Bettrand hockte. Und wieder lockte und winkte der Mond, und Kasperle stieg leise aus dem Fenster, schwang sich auf das Dach und sah über den dunklen Wald hinweg. Dort ferne, ferne, wo die Berge dunkel gegen den Nachthimmel standen, lag des Herzogs Waldschloß und das Schloß, in dem Rosemarie wohnte.

„Hach!" Kasperle seufzte auf einmal so erschrecklich laut, und eine große, dicke Eule, die neben dem Haus in einem Baum wohnte,purzelte vor Schreck in ihr Nest zurück. Gerade hatte sie auf die Jagd fliegen und ein paar Fledermäuse fangen wollen.

Kasperle kümmerte sich gar nicht um die erschrockene Eule, er ächzte noch ein paarmal: „Hach, hach!" Dann kroch er traurig in das Kämmerlein zurück, rollte sich wie ein Igel zusammen und — schlief ein. Er schlief, bis statt des Mondes die Sonne hoch und hell am Himmel stand, und über dem schönen Wetter vergaß Kasperle ganz und gar seinen Kummer. Er schoß wieder mit einem Purzelbaum die Treppe hinab, fiel mit seiner großen Nase beinahe in seine Milchtasse, schluckte und schluckte, da trat Herr Severin in das Zimmer und rief: „Nein, seht doch einmal diese Grenzwächter! Da haben sie diesen dicken Brief über die Grenze geworfen, als ich vorhin spazierenging, mir gerade vor die Füße."

Alle guten Geister, bekam Kasperle einen Schreck! Er versank mit seinem Gesicht ganz in der Milchtasse und heulte in die hinein: „Das ist für mich, für mich!"

Herr Severin schüttelte erstaunt den Kopf über Kasperles wunderliches Gebaren, und auch alle andern schüttelten die Köpfe, dann aber wickelte Herr Severin das Päckchen aus; ein großer, feierlicher Brief, mit dem herzoglichen Siegel versehen, kam zum Vorschein und darauf stand: „An Kasperle."

Potztausend! Meister Friedolin fiel das Schnitzmesser aus der Hand vor Erstaunen, und alle sahen auf das heulende Kasperle. Selbst Michele dachte: Er hat gewiß an der Grenze einen dummen Streich gemacht.

Herr Severin fragte ganz ernsthaft: „Kasperle, was hast du getan?"

„Hach!" Kasperle schluchzte erschrecklich. „Ich hab' dem Herzog einen Brief geschribbt!"

„Du — Kasperle?"

„Hm, hach, mein Bäuchle tut wieder so weh!"

Dem Kasperle tat wieder vor Angst sein Herze weh, und er hielt das wieder für sein Bäuchle. Ganz matt deutete er auf den Brief und nickte Herrn Severin zu. Der dachte: Gewiß will er sagen, ich soll den Brief lesen. Er öffnete ihn also und las.

Da staunten sie nun freilich alle sehr im Waldhaus, Michele aber nahm seinen kleinen Freund in die Arme und sagte traurig: „Nein, nein, armes Kasperle, ein so schweres Opfer sollst du nicht für mich bringen."

„Kasperle, ach Kasperle, du willst uns verlassen?" rief die schöne Frau Liebetraut traurig. „Das darfst du nicht."

„Er muß," sagte plötzlich Meister Friedolin. „Versprochen ist versprochen, und wenn jetzt Kasperle dem Herzog sein Wort nicht hält, dann geht es uns noch allen schlecht im Waldhaus."

„Ja, er muß gehen." Herr Severin sah auch ganz traurig aus und doch wieder froh, denn er freute sich, daß sein Lieblingsschüler Michael nun die schöne Gräfin Rosemarie heiraten sollte.

So ging es schließlich allen. Sie waren alle traurig und freuten sich alle, am sonderbarsten aber war es dem Michele zumute, der hätte lachen und weinen mögen, und zuletzt nahm er seine Geige und spielte so schön wie noch nie. Das tönte in den Wald hinaus wie Engelsgesang, und alle Tiere, die das Spiel hörten, kamen gelaufen und lauschten. Da kamen Rehe und Hasen, der fette Dachs kam angetrabt, Mäuslein huschten herbei, das Eichhörnchen sprang von Baum zu Baum, die Vögel flogen um das Haus, und zuletzt guckte sogar der Fuchs um die Ecke.

Als Michele sein Spiel geendet hatte, sagte Meister Friedolin: „Nun ist's Zeit; jetzt müßt ihr marschieren, denn sonst denkt der Herzog, ihr kommt nicht, und die Gräfin Rosemarie muß gar den Grafen von Singerlingen heiraten."

Meister Friedolin hatte schon recht, aber der Abschied wurde doch allen sehr schwer. Michele konnte freilich versprechen, er werde mit seiner Frau bald alle im Waldhaus besuchen, aber Kasperle konnte das nicht. Der gehörte dann ganz und gar dem Herzog. „Vielleicht sagt er bald: ‚Geh zum Teufel!'" meinte er, aber dazu schüttelte Herr Severin den Kopf. „So ein Wort spricht ein Herzog nicht aus, dazu ist er viel zu vornehm. Du warst dumm, kleines Kasperle, du hättest dir etwas anderes ausdenken sollen."

Kasperle hing die Nase, er wollte zwar Michele nicht zeigen, wie traurig er war, aber Michele merkte es doch, und als sie beide reisefertig waren, fragte er traurig: „Wirst du es auch nicht zu arg bereuen, mein armes Kasperle?"

Heidi, da rannte das Kasperle davon! Es nahm nicht einmal recht Abschied, das brachte es vor lauter Herzeleid nicht fertig. Es rannte und rannte, Michele konnte ihm kaum folgen, und auf einmal waren sie an der Grenze und jenseits standen die beiden Landjäger. Die schrien: „Hurra, sie kommen, hurra!"

Es war beinahe, als wäre der Herzog selber gekommen. Und als der Geiger mit dem Kasperle drüben war, sagten sie: „Nunmarschieren wir mit, denn nun brauchen wir die Grenze nicht mehr zu bewachen. Jetzt ist ja Kasperle da."

Michele ging mit dem Kasperle voran. Er spielte auf seiner Geige, und der Wald, durch den sie gingen, sang mit, es rauschte in den Bäumen, die Vögel zwitscherten es: „Da geht einer zur Hochzeit, Hochzeit, Hochzeit!"

Kasperle vergaß darüber ganz den Herzog, er kam sich ungeheuer wichtig vor, wie er so, von zwei Landjägern begleitet, dahinschritt. Und als sie sich Protzendorf näherten, dachte er: Na, ich will's ihnen schon zeigen, wer ich bin, ich, das berühmte Kasperle!

In Protzendorf sahen etliche den Zug kommen, unter denen waren auch Kasperles alte Freunde Windgustel und Wassergustel. Das waren jetzt zwei stämmige, große, dicke Burschen geworden; klüger waren sie aber noch immer nicht, darum rissen sie auch die Mäuler weit auf, als sie den Zug kommen sahen, und brüllten: „Jetzt haben se Kasperle gefangen!"

Daß einer, der gefangen ist, nicht ganz vergnügt voranmarschiert, bedachten die Protzendorfer nicht, das Geschrei pflanzte sich fort, und der Schäfer Damian ohne Maul, der heute ganz nahe am Dorfe seine Herde weidete, hörte es auch.

Hallo, da kam der aber angelaufen! Er sah Kasperle, sah die Landjäger, dachte an sein Wort, er wolle Kasperle immer schützen, und auf einmal — ripsch, rapsch — ergriff er den kleinen Kerl, setzte ihn auf seine Schulter, und fort ging es. Damian hatte längere Beine als die Landjäger und alle Protzendorfer, der war mit Kasperle zum Dorfe hinaus, ehe einer nur recht zur Besinnung kam.

Als die Landjäger freilich merkten, Kasperle wurde wieder zurückgetragen, da rannten sie spornstreichs hinterher; Michele rannte auch. Die Protzendorfer blieben nicht zurück, was Beine hatte lief, sogar ein paar Schweinchen, etliche Hunde und Ziegen waren dazwischen.

Kasperle schrie: „Halt, halt!" Aber Damian ohne Maul hörte nicht darauf; der lief bergauf, bergab, rannte beinahe das Wächterhaus an der Grenze um, und dann war er am Waldhaus, und da setzte er das schreiende Kasperle mitten in die Stube hinein. „Da!"

„Jemine," schrie Mutter Annettchen, „unser Kasperle, der zum Herzog wollte, ist wieder da!"

„Was?" Damian sah drein, als wollte er das ganze Waldhaus verschlingen.

Da kamen Meister Friedolin, Herr Severin, die schöne FrauLiebetraut und ihre Kinder alle herbei, und alle fragten sie: „Kasperle, was ist denn das? Wie kommst du denn wieder her? Willst du nicht mehr zum Herzog gehen?"

„Ich will doch schon, aber der will net!" brüllte Kasperle ganz aufgeregt.

„Na, potz Kuckuck, was hat denn da der Damian zu wollen!" rief Meister Friedolin.

Damian ohne Maul stand ganz verdattert da. Er merkte schon, er hatte eine große Dummheit gemacht. Ehe er aber noch wie und was sagen konnte, kamen die Landjäger, Michele und die Protzendorfer Männer, Frauen, Kinder, Schweinchen, Ziegen und Hunde gelaufen, und um das sonst so stille Waldhaus toste ein ungeheurer Lärm. Michael trat in die Stube und erzählte, und als er das weinende Kasperle am Boden sitzen sah, sagte er mitleidig: „Nun kannst du hier bleiben; dein Wort hast du gehalten, hast zum Herzog gehen wollen; daß dich der Damian zurückgetragen hat, dafür kannst du nicht."

„Hm," brummelte Meister Friedolin, „gewollt hat er, gegangen ist er, aber —"

Kasperle hatte sich ganz zusammengekauert. Im Waldhaus bleiben dürfen, wie schön wäre das! Aber da fiel ihm Rosemarie ein, die dann den alten Grafen von Singerlingen heiraten mußte, und er dachte an seines Michele Geige, die immer weinte, wenn er spielte, und er sagte ganz, ganz leise: „Ich will zum Herzog."

„Wir wollen Kasperle, Kasperle soll wiederkommen!" schrien draußen die Landjäger und etliche Protzendorfer, dazwischen aber brüllten zwei: „Nä, er soll heeme bleiben!"

Das waren Wassergustel und Windgustel, die ihren einstigen Freund noch immer gern hatten und auch dachten wie Damian, er wäre geraubt worden.

Kasperle saß noch immer mitten in der Stube. Er war nämlich ein bißchen müde von dem Laufen, auch war ihm der Schreck in seine kleinen Beine gefahren. Er dachte bei sich: Wer mich hergetragen hat, mag mich auch zurückbringen. Und überhaupt — zu einem Herzog läuft man nicht, da fährt man. Er erhob also plötzlich seine Stimme und schrie, so laut er konnte: „Ich will 'n Wagen, ich will zum Herzog fahren!"

„Da hat er recht," brummte draußen der dicke Bauer Strohkopf, der als letzter dahergekommen war. „Und 'n Kutschwagen muß es sein, anders geht das nicht." In ganz Protzendorf aber hatte nur er einen Kutschwagen, in dem er freilich nie fuhr, weil er ihm zu schön war. Doch nun dachte er: Wenn der Herzog hört, daß ich, der Bauer Strohkopf, meinen Wagen hergegeben habe, dann kriege ich sicher einen Orden. Also rief er: „Recht hat Kasperle, und obgleich er mich mal schwer geärgert hat, soll er doch einen Wagen bekommen. Darin kann er gleich bis zu dem Schloß der Gräfin Rosemarie fahren."

Alle staunten den dicken Bauer ehrfurchtsvoll an, und der sagte: „Na, dann los! Jetzt müssen wir erst nach Protzendorf gehen, dort laß ich anspannen."

„Nä," schrie Kasperle, „ich war schon dort; au, au, ich bin so müde!"

Es half alles nichts, Damian ohne Maul mußte den kleinen Strick wieder nach Protzendorf zurücktragen, und als sie dort ankamen, sagte der Bauer, sie müßten aber bis morgen früh warten, denn sein schöner Wagen dürfe nur am Tage gefahren werden. Und morgen sollten die beiden doch schon auf dem Schloß sein. Da aber der Herzog keine Zeit angegeben hatte, konnten sie ja auch am Abend ankommen, und darum sagte der Geiger Michael, sie wollten bis zum Sonnenaufgang warten.

Das mit dem Wagen war aber nur ein bißchen geflunkert von dem dicken Bauer. Er dachte nämlich: Kasperle soll uns heute Abend noch etwas vorkaspern. Das tat der kleine Schelm auch, und es gab in dem großen Bauernhofe einen lustigen Abend. Es lachten alle so viel, daß Kasperle darüber den Abschied vom Waldhaus beinahe vergaß. Aber als alle schliefen und der Mond schien, da wurde er wieder ganz traurig, er kletterte auf das Fensterbrett und sah lange, lange auf das stille Dorf hinab. Er dachte: Wenn der Herzog doch nur sagen wollte: „Geh zum Teufel!" aber ach, Herr Severin hatte ja gesagt, so etwas spricht ein Herzog nicht aus.

Wie Kasperle so saß und den Mond unter sich auf dem Dorfbächlein glitzern sah, hörte er auf einmal eine liebe, linde Stimme, die sang:

„Nur net verzagt!
Bald der Morgen tagt.
Zum guten End'
sich alles wend't.
Mußt net greinen,
Mußt net weinen!
Auf Gott vertrau',
Zum Himmel schau'!"

Da tat Kasperle wirklich, was die Stimme riet, schaute zum Himmel auf, und dabei sah er am Fenster über sich ein Mägdlein stehen, das war die Sängerin. Die erblickte nun auch das Kasperle auf der Fensterbrüstung, und sie rief sacht hinab: „Geh doch schlafen, kleines Kasperle!"

„Kann net," murmelte Kasperle, und dann kletterte er flugs am Weinspalier hoch und saß auf einmal auf dem Kammerfenster der Magd. Die lachte. „Ei," fragte sie, „du Schelm, du willst wohl wieder ausreißen?" Aber als sie sah, wie dem Kasperle dicke, dicke Tränen über sein unnützes Gesichtlein liefen, fragte sie sanft: „Was fehlt dir denn, armes Kasperle?"

Kasperle seufzte schwer: „Hach, hach!" und dann verriet er der Magd seinen Kummer. „Wenn der Herzog net sagt: ‚Geh zum Teufel!' muß ich bei ihm bleiben," jammerte er.

„Ei, weißt du was, ein schöner Spruch ist das nicht!" erwiderte die Magd, „und ein Herzog wird so etwas freilich net sagen, der denkt gar nicht an solche Worte. Aber weißt du, mir hat meine Großmutter einmal erzählt, ihre Urgroßmutter habe ein Mittel gewußt, daß ein Mensch sagen mußte, was sie wollte, hab's freilich nie ausprobiert, und meine Großmutter hat's auch nie ausprobiert, aber verraten will ich's dir. Du mußt um Mitternacht, wenn der Vollmond scheint, den Herzog an der großen Zehe fassen und sagen: ‚Geh zum Teufel!' dann sagt er's dir flink nach." Sie lachte herzhaft, während sie dies sagte.

Nun merkte Kasperle, die Magd war trotz ihres lieblichen Singens eine arme Schelmin, aber sie erreichte, was sie wollte: das Kasperle vergaß das Weinen, wurde ganz getrost und kletterte zuletzt purzelvergnügt in sein Bett.

Die Magd, sie hieß Dörte, sah ihm traurig nach. Du armes kleines Kasperle, dachte sie, wenn ich dir helfen könnte, ich tät's schon himmelgern!

Und als der Morgen anbrach und Bauer Strohkopf seinen Wagen anspannen ließ, in den Michael und Kasperle einstiegen, da sandte die Magd dem Kasperle viele gute Wünsche nach. Die waren wie Sonnenstrahlen so lieb und licht und zogen mit Kasperle nach dem Schloß, in dem die schöne Gräfin Rosemarie wohnte. —

Der Bauer Strohkopf fuhr seinen schönen Wagen selbst. Und da er ein bedachtsamer Mann war und allzu große Eile nicht leiden konnte, ging das hübsch sacht voran. Die braunen Pferde, die so dick und rund wie ihr Herr waren, liebten auch die Eile nicht, und ob bergauf, bergab oder geradeaus, immer ging es im Schritt.

Den beiden Reisenden wurde es mit der Zeit himmelangst. Die Sonne stieg höher, stieg wieder tiefer, noch waren sie nicht am Schloß, und da sagte der Bauer auch noch: „Jetzt müssen meine Rößles verschnaufen, so 'n Gelaufe tut ihnen net gut."

Michele seufzte tief, und Kasperle, so dumm er auch manchmal war, verstand ihn doch gut, verstand, der Freund hatte Angst, sie würden beide nicht zur rechten Zeit kommen. Da kletterte er flugs aus dem Wagen, blinkte dem Freunde zu und erhob ein mörderliches Geschrei: „Ich reiße aus, ich reiße aus!"

Und geschwind sprang Michele ihm nach und schrie: „Ich fange dich, ich fange dich."

„So ein Unsinn!" brummte der Bauer Strohkopf. „Jetzt spielen die gar Haschens wie im Dorf die Bübles und Mädles. Na, wenn sie genug gelaufen sind, werden sie schon wieder kommen!" Und der dicke Bauer holte sich eine große Wurst und viele, viele Schnitten Kuchen und eine Flasche Wein aus seinem Wagenkasten und begann zu schmausen.

Darüber fing es an zu dämmern, der Abend nahte und der Bauer dachte: Jetzt müssen wir halt bis zum nächsten Wirtshaus fahren. Jemine, aber wo sind die beiden? Er erhob seine Stimme laut: „Herr Michael — Kasperle — Herr Michael — Kasperle!" aber niemand gab Antwort. Die beiden rannten, so schnell sie nur konnten, um noch zur rechten Zeit das Schloß der schönen Gräfin Rosemarie zu erreichen.

Zuletzt merkte der Bauer doch, daß die beiden Schelme ausgerissen waren. Er brummte und knurrte wie ein Wolf, fuhr zum nächsten Wirtshaus und dachte: Morgen fahr' ich zum Herzog, der soll schon erfahren, was das für Bösewichter sind! Jegerl, einen Herzog und mich, den Bauer Strohkopf, so zum Narren zu halten! Die sind doch sicher nach ihrem Waldhaus zurückgelaufen.

Fünftes Kapitel

Die Ankunft

Der Herzog August Erasmus wartete ungeduldig auf Kasperles Ankunft. Am liebsten hätte er den kleinen Burschen in aller Morgenfrühe schon dagehabt, doch als er den Weg berechnete, sah er ein, bis Mittag mußte er warten. Vielleicht daß die beiden da mit der Post kamen. Und die schöne Rosemarie wartete auch, sie sah gerade wie der Herzog immer ungeduldig zum Fenster hinaus, und als die Post mit Traratrara angerasselt kam, liefen alle Leute im Schloß zusammen und riefen: „Jetzt kommt Kasperle!"

Und Michael, dachte Rosemarie.

Aber da rumpelte und rasselte der Postwagen am Schloß vorbei, niemand stieg aus, niemand nickte und winkte, es saß nämlich nur eine alte Frau drin, die schlief ganz fest.

Trarira, trarira, da war die Post vorbei.

Der Herzog brummelte, die Gräfin Rosemarie seufzte und die alte Liesetrine sagte so laut, daß es der Herzog gerade noch hören konnte: „Das dachte ich mir gleich, das Kasperle kommt nicht. Ein Schabernack war's, weiter nichts."

Dies Wort ärgerte den Herzog gewaltig. Er geriet in eine bitterböse Laune, und als Rosemarie sagte, die Reisenden würden gewiß bald kommen, grunzte er sie an: „Morgen wird der Graf von Singerlingen geheiratet, punktum!"

„Jetzt kommt der Graf von Singerlingen," meldete just da der Haushofmeister. „Eben ist sein Wagen in den Schloßhof gefahren."

O du lieber Himmel, erschrak da die arme Rosemarie! Sie wurde so weiß wie die Rosen auf ihrer Mutter Grab, und ihre Kammerfrau sagte, dies sei eine Ohnmacht, und Rosemarie müsse sich zu Bett legen.

„Trarira, trarira!" blies es da draußen auf der Landstraße, und Rosemarie wurde wieder so rot wie die schönsten Rosen im Garten.

„Kasperle kommt, Kasperle kommt!" schrien alle, und selbst der Herzog vergaß den armen Grafen von Singerlingen und eilte hinaus. Ganz verdutzt sah sich der Graf von Singerlingen um, Niemand begrüßte ihn, niemand rief hurra, und dabei sollte doch morgen seine Hochzeit sein.

„Trarira, trarira!" Eine große, schwerfällige Kutsche fuhr in den Schloßhof ein, und alles schrie wieder: „Kasperle, hurra, Kasperle! Da ist er!"

Es war aber nicht Kasperle, sondern die Prinzessin Gundolfine, die eiligst gekommen war, um den Grafen von Singerlingen zu heiraten.

Die Prinzessin war gar nicht sehr sanftmütig, und als alle „Kasperle" und immer wieder „Kasperle" schrien, rief sie: „Zum Kuckuck, was ist das für ein Gerufe hier! Ich bin eine Prinzessin und im Leben kein Kasperle! Das ist eine Beleidigung! Und wo ist der Graf von Singerlingen, daß ich ihn heiraten kann? Gleich will ich ihn sehen."

Der Herzog erschrak, der Graf erschrak, denn er wußte noch gar nicht, daß er die Prinzessin heiraten sollte, und Rosemarie wurde wieder so blaß wie die Rosen auf der Mutter Grab. Die Kammerfrau rief wieder: „Das ist eine Ohnmacht." Die Prinzessin aber sagte: „So was gibt's nicht; wenn ich komme, wird man nicht ohnmächtig, her mit dem Grafen, den ich heiraten soll!"

Da rief der Kammerdiener des Grafen von Singerlingen: „Jetzt wird mein Graf ohnmächtig, er ist schon unter die Bank gefallen."

Der gute Graf aber war gar nicht ohnmächtig geworden, der war von selbst unter die Bank in der weiten Schloßhalle gerutscht. Er war so über die Prinzessin erschrocken, die hatte eine Stimme, als säße sie tief unten in einem Brunnenloch, und mit ihren Augen spießte sie den Grafen beinahe auf. Nein, so eine Prinzessin wollte er nicht!

Wieder klang das „Trarira, trarira!" auf der Landstraße, und wieder riefen alle: „Kasperle kommt!"

Aber es waren Hochzeitsgäste, der Schwager und die Schwester der jungen Gräfin Rosemarie. Die fragten gleich: „Wo ist denn der Graf von Singerlingen, den du heiraten sollst?"

„Den heirate ich," schrie die Prinzessin.

„Nein, ich heirate die Gräfin Rosemarie," rief der Graf. Und die arme Rosemarie flüsterte zitternd: „Ich heirate den Geiger Michael." Aber das hörte niemand, denn alle redeten durcheinander.

Da entstand draußen ein wildes Geschrei: „Kasperle ist da, ja, bimmelimlim, das Kasperle ist da!"

„Na, das ist schon gut," sagte der Herzog, und er machte gleich ein ganz vergnügtes Gesicht, „führt ihn nur herein!"

„Bimmelim, bimmelim!" klang's wieder, und dann kam ein Kasperle herein, aber das war ein hölzernes Kasperle, und der Kasperlemann trug es auf dem Arm. Das war doch zu toll!

Der Herzog schaute den Kasperlemann so wütend an, daß der vor Schreck immerzu klingelte. Er dachte: Der Herzog hat mich doch rufen lassen! Warum ist er denn so böse?

„Bimmelim, bimmelim, bimmelimlimlim!"

„Stille!" schrie der Herzog.

„Kasperle kommt, Kasperle kommt!" rief ein Diener. „Auf der Landstraße kommt er angelaufen."

Der Herzog war so neugierig auf Kasperle, daß er aufstand und durch den Garten ging bis zum Tor, das nach der Landstraße hin führte.

Über den Garten sanken schon die Abendschatten, und der Herzog blieb an dem Springbrunnen am Eingang stehen; hier wollte er Kasperle erwarten.

Kasperle war von dem eiligen Lauf arg müde, und er sagte zu Michele, als sie sich nun beide dem Schlosse näherten: „Ich schlage Purzelbäume, da geht's schneller."

„Tu's nicht!" riet der Geiger.

Aber da tat es Kasperle schon: eins, zwei, drei und noch einen, und auf einmal lagen Herzog und Kasperle im Brunnenbecken, denn Kasperle hatte den Herzog einfach umgerannt.

Vier Beine guckten in die Luft, und alle schrien und liefen herbei, zogen an den Beinen, und dann standen der Herzog und Kasperle nebeneinander, und tropf, tropf, lief an beiden das Wasser herab.

Der Herzog fing mächtig an zu schelten, Kasperle aber erhob noch lauter seine Stimme, er brach in ein rechtes, furchtbares Kasperlegeheul aus, und allen, die mit am Tore standen, wurde es himmelangst. Der Herzog ließ vor Schreck das Schelten sein. „Um Himmels willen," rief er, „Kasperle ist ertrunken!"

„Na, wenn einer ertrunken ist, schreit er doch nicht so mörderlich!" brummte der alte Haushofmeister. Er nahm Kasperle, drehte ihn um und um, stellte ihn bums! wieder auf seine Füße und da — schwieg Kasperle.

Er sah sich um, bemerkte die vielen erschrockenen Gesichter, sah den Herzog plitschnaß dastehen, und plötzlich kam ihn das Lachen an; er lachte und lachte, wie eben nur ein Kasperle lachen kann, er schüttelte sich geradezu vor Lachen. Erst lachte die Gräfin Rosemarie ganz, ganz leise mit, und dann lachte der Graf von Singerlingen, der Herzog lachte, und auf einmal lachten alle, lachten und lachten.

Nur die Prinzessin Gundolfine lachte nicht. Die machte ein Gesicht wie die Frau im Essigkrug, und die alte Liesetrine lachte auch nicht, doch das merkten die andern gar nicht. Schließlich sagte der Herzog, sein Bauch tue ihm vor Lachen weh, und weil er auch plitschnaß war, riet ihm sein Leibarzt, er möchte sich nur rasch ins Bett legen.

Ja, erwiderte der Herzog, das werde er tun, und morgen früh solle die Hochzeit sein, heut wäre es doch zu spät. Aber erst müsse Kasperle erzählen, warum er zu spät gekommen sei.

„Strohkopf," rief Kasperle.

Das nahm aber nun der Herzog gewaltig übel, er dachte, Kasperle redete ihn mit Strohkopf an. Er schwang deshalb seinen Stock und schlug Kasperle auf den Rücken, das knallte gar sehr; Und gleich begann Kasperle wieder zu heulen, Michele aber trat vor und erzählte dem Herzog, wer der Strohkopf sei, und er sagte, Kasperle fange manchmal eine Geschichte in der Mitte an, dann komme der Schluß und zuletzt der Anfang.

Während er sprach, heulte Kasperle wie eine Dachrinne, und dem Herzog wurde es ganz weich und weh ums Herz. Er sagte, man solle Kasperle ins Bett bringen und ihm ein gutes Abendbrot geben, und morgen wollten sie alle Hochzeit feiern. Er nahm die Hand der Gräfin Rosemarie, nahm des Michele Hand und ging mit beiden ins Schloß hinein. Der Graf von Singerlingen aber stand da wie einer, dem eine Katze sein dickes Butterbrot aufgefressen hat. Und wie er noch so starrte und staunte, trat die Prinzessin Gundolfine zu ihm heran und sagte: „Morgen heiraten wir."

Der arme Graf setzte sich vor Schreck bald auf die Erde, er dachte: Ach, wie entrinne ich nur der Prinzessin! Und während alle in das Schloß gingen, blieb er allein draußen; er setzte sich in eine Rosenlaube, und wenn er nicht ein Graf und schon ziemlich alt gewesen wäre, dann hätte er sicherlich geweint, so traurig war er.

Kasperle bekam neben seinem Freund Michele ein schönes Zimmer mit einem seidenen Bett, und die schöne Rosemarie gab ihm einen Gutenachtkuß und sagte, sie werde ihm immer dankbar bleiben.

Das war alles sehr schön, auch daß Michele noch wundersamer denn je auf seiner Geige spielte, gefiel Kasperle sehr. Michele stand vor dem Schloß, und seine Geige tönte süß und zart, jeder im Schloß hörte ihn spielen, und selbst der Herzog hatte sich weit seine Fenster auftun lassen, und er lauschte dem Spiel.

Rosemarie aber saß an ihrem Fenster und weinte vor lauter Glück. Sie wand sich selbst ein grünes Kränzlein, das wollte sie morgen tragen, und sie dachte: Nun werde ich so glücklich wie die schöne Liebetraut im Waldhaus.

Dann verstummte die Geige, es wurde still im Schloß, und der Mond, der zwar schon ein etwas schiefes Gesicht hatte, kam hinter den hohen, alten Ulmen hervor und sah neugierig in alle Zimmer hinein. Er sah Michele am Fenster sitzen und von glücklichen Tagen träumen, er sah Rosemarie noch immer an ihrem grünen Kränzlein winden, und er sah — ja, was sah der Mond einmal wieder! Das Kasperle sah er im Freien herumspazieren. Das hatte wieder einen Weg hinaus gefunden. Ganz, ganz leise war es aus dem Zimmer geschlüpft, selbst Michele hatte den Strick nicht gehört. Und dann war er auf dem Treppengeländer hinuntergerutscht, das ging schnell und leise, und war durch ein offenes Fenster in den Garten hinausgestiegen. In dem ging er auf und ab. Er sah den Mond die Rosen sachte streicheln, er hörte die Bäume rauschen und — da rief jemand erschrocken: „Oho!"

Kasperle war beinahe über den Grafen von Singerlingen gefallen.

„Bums!" schrie er erschrocken.

„Na nu, wer rennt denn da herum?" fragte der Graf.

„Ich bin's!"

„Ei, potz Wetter, Kasperle! Du willst wohl gar schon wieder ausreißen?"

„Nä!" Kasperle seufzte tief.

Der Graf von Singerlingen seufzte noch tiefer. Endlich, sagte er: „Kasperle, was hast du angerichtet!"

Kasperle senkte tief seine Nase. „Ich kann doch nichts dafür! Warum ist der Herzog ins Wasser gefallen!" murmelte er.

„Jemine, du Dummkopf! Das meine ich doch nicht. Aber ich muß nun eine Prinzessin heiraten, weil dein Michele die schöne Gräfin Rosemarie bekommt."

„Ist das schlimm?" fragte Kasperle verdutzt. „Ich denke, das ist fein."

„*Die* Prinzessin heiraten, ist schlimm!" Der Graf von Singerlingen sah so traurig aus, daß Kasperle tiefes Mitleid mit ihm fühlte. Er hatte die Prinzessin gar nicht angesehen, und er fragte zutraulich: „Wie sieht se denn aus?"

„Schrecklich, wie — Gift!" Der Graf ächzte, und Kasperle blickte ängstlich zum Schlosse hin. Vor der Prinzessin begann er sich zu fürchten. „Wo wohnt se denn?"

„Dort, das dritte Fenster, das offen steht."

Sssim, ssim! huschten die Fledermäuse auf und ab an den beiden vorbei. Ein paar flogen ganz dicht heran und klapp, da hatte Kasperle zwei in seinem Mützlein gefangen. „Die laß ich in ihr Zimmer," flüsterte er dem Grafen von Singerlingen zu, „vielleicht reißt sie aus."

„Unsinn," wollte der Graf sagen, „bleib hier!" aber da war das Kasperle schon weggeflitzt.

Efeu wuchs am Schloß empor, da war es für Kasperle kein schweres Klettern. Er war eins, zwei, drei oben und ssim! huschten die Fledermäuse in das Zimmer der Prinzessin.

Die war noch wach, beschaute sich gerade den Hochzeitsstaat für den nächsten Tag, als ihr eine Fledermaus an der Nase vorbeischwirrte, eine andere fuhr ihr ins Haar, und durch die Abendstille tönte das Geschrei der Prinzessin.

Das ganze Schloß wurde davon munter, selbst der Herzog wachte auf. Er fragte ärgerlich, was denn geschehen sei. Als man ihm sagte, Fledermäuse seien im Zimmer der Prinzessin, brummte er, dies sei nicht schlimm, darum brauche niemand so zu schreien.

„Kasperle, du bist aber ein arger Strick!" sagte unten der Graf von Singerlingen.

Kasperle blickte ihn mit seinen schwarzen Äuglein ganz unschuldig an. „Ich wollte sie ja nur weggraulen!" sagte er.

„Das gelingt dir nicht."

„Doch und dann — biste mir wieder gut?"

Da mußte der Graf lachen. „Geh du nur in dein Bett, du unnützes Kasperle!" sagte er. „Ich bin dir schon nicht mehr böse."

Der Graf von Singerlingen ging in das Schloß zurück. Böse war er nicht, aber traurig. Er dachte: Wenn der Herzog nur nicht auf den Gedanken gekommen wäre, mir die Prinzessin zur Frau zu geben! Dann hätte ich meine Base Mauritia geheiratet, die ist zwar weder jung noch schön, aber sie kann die allerbesten Puddings machen. Na, und das ist auch etwas wert! Das kann die Prinzessin Gundolfine sicher nicht.

Und die Prinzessin dachte just in dem Augenblick: Besser einen Grafen als überhaupt keinen Mann! Ich will mich auch recht schön putzen morgen. „He, was ist denn das?" Sie blickte sich erschrocken um. Am Fenster, das jetzt geschlossen war, war ein schwarzer Schatten aufgetaucht, aber gleich wieder verschwunden. Die Prinzessin rief ihre Kammerfrau, und beide schauten nun hinaus. Sie sahen aber nichts als lauter dicke, schwarze Schatten, sahen nicht, wie sich das Kasperle in den uralten Efeu verkroch.

„Das war gewiß eine alte Eule," sagte die Kammerfrau.

Dies nahm die Prinzessin ordentlich übel. „In meiner Gegenwart redet man nicht von alten Eulen," brummte sie, und dann sah sie noch einmal zum Fenster hinaus. Es war aber nichts zu sehen, und da ging sie schließlich beruhigt in ihr Bett.

Kasperle aber hockte im nachtstillen Garten. Er hatte der Prinzessin noch ein paar Fledermäuse ins Zimmer lassen wollen, er meinte, dies sei ein gutes Mittel, jemand wegzugraulen. Dabei hatte er aber etwas gesehen, das ihm sehr, sehr sonderbar vorkam. Kasperle überlegte; im Waldhause hatten sie doch alle die Haare auf dem Kopfe gehabt, und keiner hatte sie abends neben sich gelegt. Die Prinzessin aber hatte ihre dicken, dunklen Zöpfe auf einem Tische liegen gehabt. Sonderbar, höchst sonderbar! Vielleicht hatte sie sich die Haare alle abgeschnitten und kam morgen ohne Haare. Ob sie da dem Grafen von Singerlingen besser gefiel? Es war doch eine schwierige Sache!

Kasperle seufzte, und dann sah er sich nach seinem Fenster um. Da war es, er sah zwei Fenster nebeneinander, die standen offen, und hinter einem schlief das Michele, hinter dem andern war seine Stube. Er kletterte also wieder hinauf und dachte dabei: Hinab ging es leichter, da war doch noch ein Blitzableiter da! Aber nun war er schon angelangt, und weil er purzelmüde war, gedachte er auf Kasperleart ins Bett zu steigen. Er zog sich gar nicht erst aus, sondern tat einen gewaltigen Hopser.

„Uff," schrie jemand, „mir ist ein Stein auf den Magen gefallen! Hilfe, Hilfe!"

Ei, da hatte das Kasperle wieder etwas angerichtet! Dem dicken Oberhofmeister war er auf den Magen gesprungen. Der schrie ach und weh, stöhnte, er müsse nun sterben, und ehe noch Kasperle entwischen konnte, kamen ein paar Diener gerannt.

„Der Kasper war's," rief der eine und hielt Kasperle am Hosenbödlein fest.

„Haue, Haue!" ächzte der Oberhofmeister, aber ehe Kasperle noch einen Schlag bekommen hatte, erhob er seine Stimme undbrüllte so mörderlich, daß diesmal der Herzog nun wirklich vor Schreck beinahe starb.

Himmel, das ist Kasperle! dachte der Geiger Michael, und er kam eiligst seinem kleinen Freund zu Hilfe. Türen taten sich auf, Stimmen schwirrten durcheinander, keiner wußte recht, was geschehen war, nur der Oberhofmeister wußte es, der rief, man solle den Doktor holen und Kasperle hauen. Der eine Diener tat dies, der andere das, und es wäre Kasperle trotz seines Zetergeschreis übel ergangen, wenn Michael nicht herbeigeeilt wäre. Der entriß ripsch, rapsch Kasperle den Händen des Dieners, und trotzdem der Oberhofmeister furchtbar schalt, lief er doch mit seinem kleinen Freunde aus dem Zimmer.

Draußen aber prallte er mit einem zusammen, das war des Herzogs erster Kammerdiener. Der sagte, Kasperle solle sofort zum Herzog kommen, der sei ganz erschrecklich böse.

Dies war nun schlimm. Kasperle ließ die Nase hängen, er klammerte sich an sein Michele an, und der ging wirklich ungerufen mit und trat mit an des Herzogs Bett, in dem der ganz matt vor Schreck lag.

Wirklich, der Herzog sah sehr wütend drein. Der Geiger dachte: O mein armes, armes Kasperle, wie wird dir das noch ergehen!

„Was hast du gemacht?" schrie der Herzog Kasperle an.

Der senkte den Kopf, seufzte tief und sagte, er sei nur ein bißchen zum Fenster hinausgeklettert und in das verkehrte hinein. Na, und da war er eben dem Oberhofmeister wie ein dicker kleiner Feldstein auf den Magen gefallen!

„Kasperle," rief der Herzog zornig, „über solche Dummheiten sind Wir sehr böse, das tut man nicht bei Hofe. Und überhaupt, wie kannst du denn so geschwinde zu einem Fenster hinausklettern?"

Kasperle sperrte seinen Mund weit auf. Das war doch leicht, zu einem Fenster hinauszuklettern! „'s geht fix," murmelte er.

„Soooo?" Dem Herzog fielen plötzlich die Fledermäuse ein, die im Zimmer seiner Base herumgeschwirrt waren. „Geht Fledermäuse fangen auch so fix?" fragte er.

„Na ob!" Kasperle grinste von einem Ohr bis zum andern, aber gleich erschrak er sehr, denn der Herzog erhob drohend seinen goldenen Degen, der immer an seinem Bette hängen mußte, und er sagte streng: „Kasperle, hüte dich, sonst wirst du in einen Käfig gesperrt! Jetzt geh, und wehe dir, wenn heute noch einmal solches Geschrei entsteht!"

Da ging Kasperle mit hängender Nase zum Zimmer hinaus, und draußen seufzte der Geiger Michael tief. „Ach, mein Kasperle, mein armes Kasperle, wie wird's dir ergehen!" sagte er traurig.

Kasperle brummelte: „Ach, gut!" Und bei sich dachte er: Vielleicht sagt er doch einmal: „Geh zum Teufel!" Ich will's schon versuchen, daß er es sagt!

Sechstes Kapitel

Hochzeit und Reise

Der Tag der Hochzeit brach an. Von weither kamen die Leute gelaufen, um Rosemarie, die liebliche Braut, zu sehen. Und alle freuten sich, daß sie nicht den alten Grafen von Singerlingen, sondern den schönen jungen Geiger Michael zum Manne bekam.

In aller Morgenfrühe, als der Herzog gerade frühstückte, spielte das Michele auf der Wiese vor dem Schloß auf seiner Geige. Das klang wundersam. Jetzt klagte und weinte die Geige nicht mehr, sondern sie jauchzte, und manch einer, der zuhörte, meinte, ihm müsse das Herz springen vor Freude, so jubelte die Geige.

Die schöne Rosemarie stand still in ihrem weißen Kleide mit dem grünen Kränzlein im Haar neben dem Geiger, und jeder, der die beiden sah, erzählte noch sein Lebenlang, ein schöneres Paar habe er nie wieder gesehen.

Und dann raunten und tuschelten sich die Leute zu: „Und morgen heiratet der Graf von Singerlingen des Königs Base, die Prinzessin Gundolfine."

„Warum denn morgen, warum nicht heute?" fragte ein naseweises Jungfräulein.

„Weil die Kammerfrau der Prinzessin die Krone vergessen hat, und eine richtige Prinzessin muß eine Krone tragen, wenn sie heiratet," erzählte der Kasperlemann, der auch unter den Zuschauern war.

„Da kommt sie!" schrie ein rechter Dreikäsehoch.

„Wer, die Krone?"

„Nä, die Prinzessin!"

Prinzessin Gundolfine kam wirklich daher. Sie hatte ein himbeerrotes Kleid an und war mit vielen Diamanten und Perlen geschmückt. Alle staunten sie an, das Kasperle aber, das auf einem Baum, ganz dicht in der Krone, verborgen saß, staunte am allermeisten. Nein, so etwas! Die Prinzessin hatte sich die Haare doch nicht abgeschnitten, sie trug sie heute wieder auf dem Kopf. Wie war das nur möglich?

„Hurra, hurra!" brüllten unten die Leute, denn eben kam der Herzog an, gefolgt von seinen Hofherren; etliche Damen waren auch da, und alle waren sie köstlich und reich gekleidet. Sie gingen auf dem Platz auf und ab. Der Herzog meinte, die Leute, die zur Hochzeit gekommen waren, sollten doch auch die Hochzeitsgäste sehen.

Die Prinzessin Gundolfine lächelte den Grafen von Singerlingen lieblich an, und der lächelte wieder, denn er fand die Prinzessin heute eigentlich recht nett. Er dachte: Vielleicht ist es gar nicht wahr, daß sie so boshaft ist, wie die Leute sagen; na, und die Puddings kann ja schließlich auch die Köchin kochen, von einer Prinzessin kann man so etwas doch nicht gut verlangen!

Prinzessin Gundolfine stellte sich unter den Baum, auf dem Kasperle saß. Ganz dicht stand sie unter ihm, und Kasperle dachte: Ein klein, klein bißchen will ich sie mal zupfen; muß doch sehen, wie das mit den Haaren ist.

Der Herzog stellte sich in die Mitte des Platzes, sagte allen Leuten einen schönen guten Tag und verkündete ihnen, daß jetzt gleich die Gräfin Rosemarie den Geiger Michael heiraten werde und morgen der Graf von Singerlingen seine Base Gundolfine zur Frau —

„Jemine, sie hat keine Haare!" schrie ein vorwitziger Bub, und alle starrten verdutzt auf die Prinzessin. Die hatte sich ganz plötzlich bei den Worten des Herzogs tief verneigt und — da waren alle ihre Haare am Baum hängen geblieben.

Kasperle, der tief im dichten, grünen Laub saß, war am allerverdutztesten. Erst hatte er die Prinzessin ein wenig gezupft, die hatte das nicht gemerkt; da hatte er ein Zweiglein genommen, es in die Haare gesteckt, noch eins und noch eins, und es war wie bei Absalom: die Prinzessin blieb am Baume hängen oder vielmehr nur ihre Haare, denn sie stand kahlköpfig und sehr verdattert da.

Ein paar Augenblicke wußte sie gar nicht, was sie sagen sollte, aber dann rief sie laut, sie falle in Ohnmacht, und just da rutschte Kasperle oben auf dem Baume aus, und ein Beinchen baumelte plötzlich herab.

„Kasperle!" schrien viele Stimmen, alte und junge, freundliche und unfreundliche; eine aber schrie „Kasperle!", als wollte sie das Kasperle gleich aufspießen. Das war die Prinzessin Gundolfine. Und wutsch! ergriff sie Kasperles Bein, zog und zerrte, Kasperle verlor das Gleichgewicht und plumpste wie ein Apfel vom Baume herab.

„Er muß aufgehängt werden, eingesperrt, durchgeprügelt," schrie die Prinzessin, und dabei schlug sie mit der Faust auf Kasperle ein; gar nicht ein bißchen prinzessinnenhaft sah das aus. Und so ein bitterliches Gesicht machte sie dazu, daß der Graf von Singerlingen bei sich dachte: Dem Himmel sei Dank, daß sie noch nicht meine Frau ist, die heirate ich nie und nimmermehr!

Kasperle schrie, die Prinzessin schlug, und der Herzog wurde grün und gelb, so ärgerte er sich. „Nehmt Kasperle, tragt ihn ins Schloß und sperrt ihn ein!" sagte er hart zu seinen Dienern. Und diesen, denen das arme Kasperle leid tat, war der Befehl nur recht, sie entrissen Kasperle der wütenden Prinzessin und schleppten ihn ins Schloß. Dort sperrten sie ihn in ein kleines, dunkles Gemach, das nur ein vergittertes Fensterlein hatte.

Da saß Kasperle am Hochzeitstag seines Freundes Michael gefangen, und niemand hörte sein bitterliches Weinen. Die schöne Gräfin Rosemarie bat zwar unter Tränen den Herzog, er möchte doch Kasperle freilassen, aber der sagte streng: „Nein, er bleibt eingesperrt, und wenn du noch ein Wort sagst, Rosemarie, dann bekommst du den Geiger nicht zum Mann."

Es war wirklich gar keine fröhliche Hochzeit. Wohl sangen die Vögel im Freien: Rosemarie ist Braut, Rosemarie, Rosemarie! Und die Blumen dufteten köstlicher als sonst. Im Dorf tanzten die Leute vergnügt und sangen dazu:

„Rosemarie, du feine,
Du bist nicht mehr alleine,
Einer, der schön geigen kann,
Ist nun dein herzlieber Mann
Lalala, lalala."

Aber die schöne Rosemarie war doch traurig an ihrem Hochzeitstag, und der Geiger Michael war es auch. Das tat einem leid, und zwar dem guten Grafen von Singerlingen. Der dachte: Wenn ich nun auch nicht die schöne Rosemarie bekommen habe, traurig soll sie doch nicht sein. Er stand darum von der Tafel auf, hielt sich sein Taschentuch vor das Gesicht, und die Prinzessin Gundolfine, die nun wieder Haare hatte, fragte ordentlich zärtlich: „Sie haben wohl Nasenbluten?"

Der Graf sagte kein Tönlein, er ging zum Saal hinaus, ging schnurstracks in die Küche und verlangte von der alten Liesetrine Braten, Kompott und sehr viel Torten sowie Süßspeise. Darob sah ihn die alte Liesetrine sehr verwundert an, aber sie häufte alles, was er wollte, auf Teller, stellte sechs in eine Reihe auf ein Brett und fragte, ob's nun genug sei. Bei sich dachte sie: Nein, ist der Graf ein Vielfraß!

Der Graf von Singerlingen nickte, nahm das Brett und spazierte damit ganz feierlich zur Küche hinaus. Er ging, bis er einen Diener fand, der Kasperle mit fortgetragen hatte. „Ich will zu Kasperle," sagte er, „schließ mir auf!"

Nun wagte der Diener dem Grafen, der morgen des Herzogs Base heiraten sollte, nicht zu widersprechen, auch gönnte er Kasperle wohl alle guten Dinge. Er zeigte dem Grafen also den Weg, holte den Schlüssel und schloß auf. Er brachte auch eine dicke, dicke Kerze herbei, weil es in Kasperles Kämmerchen ganz dunkel war.

Kasperle kauerte im Winkel und heulte. Da fiel auf einmal ein heller Lichtschein herein, und er sah den Grafen von Singerlingen mit lauter guten Dingen mitten in der Kammer stehen.

Er vergaß das Weinen, setzte sich vergnügt an den Tisch und begann zu schmausen. Das ging, potztausend!

„Kasperle, lieber Himmel, kannst du aber flink essen!" rief der Graf verwundert. Und dann erzählte er Kasperle von der Hochzeit.

Auf einmal rutschte Kasperle zu ihm hin, schlang seine Arme um ihn und bat: „Heirate sie nicht, sie ist schlimm! Tu's ja nicht!"

„Ja, sie ist schlimm," rief der Graf, „und ich heirate sie auch nicht."

Sie meinten aber alle beide die Prinzessin Gundolfine.

Nun gab der Graf Kasperle noch allerlei gute Lehren, sagte ihm, der Herzog sei eigentlich nicht böse, sondern nur oft schlecht gelaunt, er solle ihn ja nicht ärgern. Und dann küßte der gute Graf das Kasperle, und Kasperle bekam plötzlich schrecklich Angst vor dem Alleinsein und bat: „Nimm mich mit!"

„Kasperle," sagte der Graf, „du hast doch dein Wort gegeben, denn sonst hätte dein Michele nicht die Gräfin Rosemarie bekommen."

Kasperle seufzte tief. Ja freilich, das hatte er, und selbst ein unnützes Kasperle hält sein Wort. Er versprach dem Grafen noch, erschrecklich brav zu sein, und dann ging der, und Kasperle trug ihm viele Grüße an Rosemarie und sein Michele auf.

Die beiden staunten, als der Graf von Singerlingen ihnen erzählte, er sei bei Kasperle gewesen. „So, und nun reise ich heimlich ab," flüsterte er der schönen Rosemarie zu. „Für die Prinzessin danke ich schön!" —

„Man soll Kasperle holen," rief in dem Augenblick der Herzog, „er soll uns etwas vorkaspern!"

„Das muß ich noch sehen," flüsterte der Graf. „O weh, o weh, wenn da nur nicht eine Dummheit herauskommt!"

Ein paar Diener liefen und holten den Kasperlemann, holten auch Kasperle, der sollte in des Kasperlemanns Budchen spielen.

„Mach's nur gut!" ermahnte der Kasperlemann.

Schwipp! hatte er einen Nasenstüber von Kasperles Fuß bekommen.

„Au!" schrie er, und im Saal riefen sie: „Anfangen!"

Da steckte Kasperle flink den Kopf heraus und machte sein allerbösestes Räubergesicht, und dann auf einmal sah Kasperle wie die Prinzessin Gundolfine aus. Er wuschelte sich immer auf dem Kopf herum, als suche er sein Haar, und alle im Saal fingen an zu lachen.

„Er macht es mir nach," kreischte die Prinzessin, „er — hach!" und pardauz fiel sie in Ohnmacht, denn gerade hatte Kasperle sein Teufelsgesicht gemacht.

„Diese dummen Ohnmachten!" brummte der Herzog. Dem hatte Kasperle nämlich viel Spaß gemacht, und er lächelte sogar ein wenig.

Rosemarie dachte schon, Kasperle würde nun dableiben können, aber der Herzog gebot: „Sperrt ihn wieder ein!"

Das war betrüblich.

Kasperle zog traurig ab. In seinem Kämmerlein legte er sich aber mitten auf den Tisch, und da schlief er ritze ratze ein. Und er hörte nicht, wie die Gäste abfuhren, wie es stiller und stiller im Schloß wurde, er hörte auch nicht, daß der Graf von Singerlingen in aller Stille abreiste. Er erwachte erst, als ihn jemand kräftig schüttelte. Gähnend richtete er sich auf und sah sich verschlafen um. Ein Diener stand da, der lachte, als er in das blitzdumme Kasperlegesicht sah. „Steh auf," sagte der Mann, „wir reisen ab. Flink, flink, und dann, Kasperle, halte heute deinen Mund! Der Herr Herzog ist sehr schlechter Laune."

„Warum denn?" Kasperle starrte den Diener mit aufgerissenem Munde an. Er dachte: Aber ich habe doch geschlafen und keine Dummheit gemacht!

„Weil der Graf von Singerlingen heimlich davongefahren ist und einen Brief geschrieben hat, er werde die Prinzessin Gundolfine nicht heiraten."

„Ich tät's auch nicht," brummelte Kasperle, „nä, die nicht"

„Das glaub' ich schon!" Der Diener lachte, und weil er es gut mit dem kleinen dummen Kasperle meinte, riet er dem noch: „Nimm dich aber vor der Prinzessin in acht, die ist schrecklich böse auf dich; sie sagt, du wärst an allem schuld und müßtest noch bestraft werden."

Na, eine erfreuliche Aussicht war das gerade nicht. Kasperle kletterte seufzend von dem Tisch herab und folgte dem Diener. Draußen standen die Wagen schon zur Abfahrt bereit, und der Herzog ließ sich eben von Rosemarie und Michael an den seinen geleiten. Er sah wirklich aus wie vierzehn Tage ganz abscheuliches Regenwetter, und selbst die schöne Rosemarie bekam keinen freundlichen Blick.

Als der Herzog Kasperle sah, rief er: „Der soll auf dem Bock sitzen!"

Da kreischte die Prinzessin Gundolfine: „Nein, nein, das soll er nicht!"

„Doch, er soll!" rief der Herzog, und Kasperle wurde auf den Bock gehoben. Er wollte erst noch Abschied von seinem Michele und Rosemarie nehmen, aber der Herzog brummte: „Laß das, du gehörst mir und damit basta!"

Da konnte Kasperle nicht einmal Abschied von seinen Freunden nehmen. Er saß auf dem Bock, zwischen Kutscher und Diener, und heidi, fort ging die Fahrt!

Kasperle winkte und winkte noch, solange er Michele und Rosemarie sehen konnte, aber dann entschwand das Schloß seinen Blicken, er fuhr in die Fremde hinein.

„Uff!" schrecklich tief seufzte Kasperle, und der Diener fragte mitleidig: „Du hast wohl Hunger?"

Aber ach, da fing das Kasperle an zu heulen nach Kasperleart. Innen im Wagen erschrak der Herzog furchtbar. „Was ist das?" rief er. „Uns rennt wohl ein wildes Tier nach? Halten, halten!"

Der Wagen hielt, Kasperle heulte unverdrossen weiter; und der Herzog bog sich erschrocken zum Fenster hinaus. „Was ist geschehen?"

„Mit Verlaub, Euer Gnaden, Kasperle heult," antwortete der Diener.

„Kasperle heult!" Ganz verwirrt schaute der Herzog drein, aber die Prinzessin Gundolfine schrie: „Das ist eine neue Bosheit von ihm. Prügel muß er haben!"

„Er soll gleich still sein, sonst gibt es Haue," rief der Herzog. „Und dann steckt ihn in den Gepäckwagen, das ist besser."

Also wurde Kasperle in den Gepäckwagen gesteckt, zwischen alle Koffer, Schachteln und Kisten mitten hinein, und der Diener, der es tat, gab ihm mitleidig noch ein Paket Butterbrote. „Nun mach' also keine Dummheiten!" sagte er gutmütig. Er schloß die Türe, und weiter ging die Reise.

Rumpel, pumpel, die Koffer und Schachteln wackelten hin und her, und Kasperle dachte: Na, schön ist das gerade nicht! Alle naselang bekam er einen Stoß von einem Koffer, und das wurde ihm doch zu toll. Er fing also an zu klettern und saß schließlich oben auf einer großen Rundschachtel. Da setzte er sich recht behaglich hin und begann zu schmausen. Aber gerade wie er beim dritten Butterbrot angelangt war, gab es einen lauten Krach: der Deckel der Schachtel barst und Kasperle fiel hinein. Er lag ganz weich zwischen Spitzen, Federn, Blumen und Bändern; er war nämlich in die Haubenschachtel der Prinzessin Gundolfine gefallen.

Kasperle wuschelte und raschelte darin herum, warf dabei etliche Staatshauben hinaus, ein paar, die weich und fein waren, knüllte er zusammen, da hatte er ein schönes Kopfkissen, und dann setzte er sich noch eine riesengroße seidene, vielfach bebänderte Haube auf, rollte sich wie ein Igel zusammen und schlief ein.

Kasperle verschlief wieder allerlei. Er verschlief zum Beispiel eine Mittagsrast, die der Herzog in einem kleinen Städtchen hielt.

Weil die Prinzessin Gundolfine so arg wütend war, sagte der Herzog, man solle Kasperle ruhig im Gepäckwagen lassen, da sei er gut aufgehoben. Also kümmerte sich niemand um den kleinen Schelm, und nach einer Stunde gingen die Wagen weiter. Kasperle schlief und schlief.

Am Nachmittag zog sich ein Ungewitter zusammen. Die schwarzen Wolken rannten dem herzoglichen Wagen nach, und weil sich der Herzog erschrecklich vor einem Gewitter fürchtete, befahl er, in Dingelhausen solle geschwind Rast gemacht werden. Dingelhausen war ein herzogliches Gut, und der Pächter kam gleich angelaufen, als die Wagen alle vor das Schloß fuhren.

Just in dem Augenblicke wetterte es aber auch schon los. Bum, bum, krach! Der Regen platschte herab, und der Herzog, die Prinzessin und alle Hofleute rannten in das Schloß hinein, die Wagen wurden in den Schuppen geschoben, und kein Mensch kümmerte sich um Kasperle.

Der Herzog sagte, er müsse gleich in sein Bett gehen, der Leibarzt riet, er solle Kamillentee trinken, die Prinzessin rief, sie müsse auch in das Bett gehen, und erst, als der Herzog im Bette lag, fiel ihm das Kasperle ein. Er rief erschrocken: „Kasperle ist ausgerissen!" Sein zweiter Kammerdiener aber kam und sagte, er habe Kasperle in den Wagen, in dem das große Gepäck sei, gesteckt, da könne er nicht hinaus, und Butterbrote habe er ihm auch dazu gegeben.

„Na, dann ist's gut!" brummelte der Herzog. „Da mag er nur drin bleiben. Solange die Prinzessin, meine Base, noch mitreist, ist es besser, Kasperle kommt nicht zum Vorschein."

Und dann trank der Herzog lieber Schokolade als Kamillentee, streckte sich behaglich im Bett aus, denn seine Großmutter hatte behauptet, ins Bett schlage der Blitz nicht. Um das arme Kasperle aber kümmerte sich niemand. Ja, die Prinzessin Gundolfine sagte sogar, der Gepäckwagen sei eigentlich zu gut für das böse Kasperle.

Siebentes Kapitel

In der Haubenschachtel

Es blitzte, donnerte und regnete arg an diesem Nachmittag, und es schien gar nicht aufhören zu wollen. Bum, bum, krach! ging das immerzu. Mal tat es so, als wollte es besser werden, aber gleich donnerte und blitzte es wieder heftig, und der Herzog gab die Weiterreise schließlich auf. Er hatte die Prinzessin Gundolfine noch nach ihrem Schloß Burggrün bringen wollen, aber da sich auch die Prinzessin schrecklich fürchtete, blieben alle beide in Dingelhausen, und alle beide blieben sie gleich im Bette liegen.

Und weil die Begleiter des Herzogs und die Hofdamen der Prinzessin nichts anzufangen wußten und alle müde waren, gingen sie auch in das Bett. Bald lag das kleine Schloß dunkel da, der Pächter, seine Frau, seine Leute, alle schliefen, und alle hörten nur noch, wie der Regen nachließ. Das Wetter zog vorbei. Allmählich kamen die Sterne am Himmel zum Vorschein und der Mond, der nun schon ein recht schiefes Gesicht hatte, kam auch, um zu sehen, was tagsüber geschehen war.

Im Wagenschuppen, wo der Gepäckwagen stand, war es ganz dunkel, aber der Mond fand doch einen Spalt, schaute durch den hinein, Kasperle gerade ins Gesicht. Daran wachte Kasperle nun freilich nicht auf, sondern von einem heftigen Gerumpel in seinem Mäglein. Er hatte Hunger. Als Kasperle die Augen aufschlug, wußte er erst nicht, wo er sich befand. Auch daß er Hunger hatte, kam ihm nicht zum Bewußtsein; nur daß da in seinem Magen etwas nicht in Ordnung war, merkte er. Verwirrt richtete er sich auf, das raschelte und rauschte um ihn herum, und der Mond schien so freundlich zu ihm herein. Da besann sich Kasperle nach und nach auf alles, was geschehen war. Auch die Butterbrote fielen ihm ein, und er fand die neben sich in dem großen Haubenkoffer liegen. Da begann er zu schmausen, und als er satt war, hatte er auch Lust, ein bißchen Dummheiten zu machen.

Freilich, in einem Gepäckwagen läßt sich schwer etwas anstellen, zumal nur gerade das Fleckchen, auf dem der Haubenkoffer stand, etwas hell war; alles andere lag im tiefen Schatten.

Kasperle gähnte, Kasperle seufzte, es war doch recht langweilig in einem Gepäckwagen! Auf einmal zwickte und zwackte ihn etwas, sein kleines Kasperleherz tat ihm weh. Er dachte an das Waldhaus und seine Bewohner, an sein Michele und die schöne Rosemarie, und da wuschelte er den Kopf in der Prinzessin Gundolfine Hauben und schluchzte bitterlich.

Wie schwer war es doch, so ein armes, verlassenes Kasperle zu sein! Nun mußte er immer bei dem Herzog leben, vielleicht sah er die Waldhausleute nie, nie wieder und sein Michele nicht und Rosemarie nicht.

Ach, sicher, der Herzog war boshaft! Der würde nie sagen: „Geh zum Teufel!" Der würde ihn immer gleich einsperren und auch hungern lassen.

Kasperle trommelte mit beiden Fäusten wütend auf den Hauben herum. Schlimm, schlimm, schlimm erging es ihm!

Ausreißen wäre am besten, dachte er.

Aber da meinte er seines Michele Stimme zu hören, die sprach: Sein Versprechen muß man halten. Ein Schuft, wer sein Wort bricht.

Kasperle stöhnte. Ach, er hatte es schon schlecht jetzt! Und dann fiel ihm seine Urheimat ein, die schöne Kasperleinsel, von der er oft geträumt hatte. So ganz genau wußte er es nicht mehr, wie es da war. Immer, wenn er an die ferne, unbekannte Insel im Weltmeer dachte, sah er ja nur viele, viele bunte, leuchtende Blumen, meinte seltsam schöne Vögel singen zu hören und andre kleine lustige Kasperles zu sehen. Aber alles war ihm nur noch wie ein Traum; er war schon so lange unter den Menschen, da hatte er vieles vergessen.

Gewiß finde ich nicht mehr auf meine Kasperleinsel zurück, dachte der kleine Kerl traurig. Er wuschelte wieder den Kopf zwischenPrinzessin Gundolfines Staatshauben und weinte aufs neue. In einem Gepäckwagen eingeschlossen zu sein, so allein in der Nacht, ist aber auch so eine Sache.

Doch allzulange kann ein Kasperle nicht traurig sein. Kasperle sah den Mond neugierig in den Gepäckwagen gucken, und weil der kleine Dummkopf meinte, der Mond hätte just nichts anderes zu tun, als ihn, das Kasperle, anzusehen, nahm er eine der Staatshauben, stülpte sie sich wieder auf den Kopf und grinste den Mond an.

„Bäh!" machte Kasperle, aber — plötzlich sank er vor Schreck in die große Haubenschachtel zurück.

Was wisperte, flüsterte, raschelte und klirrte denn da draußen?

Kasperle konnte nichts sehen, aber er hörte Stimmen, hörte leise, leise Schritte.

Jemand sagte: „Dort in der Ecke, der ist's!"

Eine andere Stimme antwortete: „Nur leise, leise, damit sie im Schloß nichts hören!"

„Sie schlafen alle, kein Fenster ist mehr hell," erwiderte die erste Stimme.

Die andere sprach: „Nimm dich in acht, hier sind große Pfützen, platsch' nicht hinein! Werden auch die Hunde schweigen?"

„Ach die! Denen habe ich jedem eine Wurst zugeworfen," sagte wieder der erste. Und der zweite fragte: „Weißt du, wo der Koffer mit all den goldenen Orden und Diamanten steht?"

„Freilich, gleich links an der Seite; ich habe doch den Wagen oft packen helfen."

Nun lachten beide und rippelten und rappelten draußen am Schloß, und dabei sagte die erste Stimme: „Der Prinzessin Gundolfine ihre Staatskleider sind auch im Wagen, vielleicht finden wir sie."

„Ich hab' eine Laterne, die kann ich im Wagen anzünden," antwortete der andere wieder, und diese Stimme kam Kasperle merkwürdig bekannt vor.

Wer konnte das nur sein?

Kasperle zitterte vor Angst. Sicher waren es Diebe. Wenn die ihn fanden, — oh, dann konnte es ihm schlimm ergehen! Ich krieche unter die Hauben, dachte er, aber gleich fiel es ihm ein, wenn er recht, recht laut schrie, dann hörte man es wohl im Schloß, und vielleicht rissen die Diebe auch aus und stahlen nichts.

„Potz Wetter, aber das ist fest verschlossen!" brummte einer.

Rippel, rappel, der Wagen schwankte hin und her, da tuschelte draußen die Stimme: „Jetzt geht's."

Krach, sprang das Schloß auf, zwei Männer schauten in das Dunkel hinein. Einer tastete mit der Hand nach links und sagte enttäuscht: „Jetzt steht ja der kleine Koffer nicht mehr da!"

„Ich zünde die Laterne an."

„Tu's lieber nicht!" mahnte der erste.

„Ach was, hier sieht es ja niemand!" erwiderte der zweite. Er begann auf sein Feuerzeug zu schlagen, ein Fünkchen flammte auf, und gleich darauf brannte eine kleine Laterne.

„Wir müssen alles durchsuchen," sagte der erste.

Kasperle wurde es glühheiß vor Angst. Ich muß sie erschrecken, dachte er. Und auf einmal fiel ihm ein, er wollte so ein essigsaures Gesicht wie die Prinzessin Gundolfine machen.

Er hatte es kaum gedacht, da schoß er auch schon aus dem Haubenkoffer heraus. Die große Haube der Prinzessin wackelte auf seinem Kopf, und die beiden Diebe brüllten entsetzt: „Die Prinzessin, die Prinzessin!"

Noch mehr als sie aber brüllte Kasperle, und eins, zwei, drei schlug er den beiden die Hauben um die Köpfe, daß denen Hören und Sehen verging.

Klirr, fiel die Laterne zu Boden, schreiend wollten beide fliehen, beide rannten an die Schuppentüre, pardauz! schlug sie dem einen an den Kopf, bums! dem andern. Der erste verlor das Gleichgewicht, purzelte und versank draußen in einer großen Pfütze, der andere stolperte über ihn, — platsch! lag er auch da. „Au," stöhnte er, „mein Bein!"

„Meine Nase!" ächzte der andere.

Innen aber brüllte Kasperle, so gellend laut er nur konnte, und da wurde es hell im Schloß und im nahen Stall; der Pächter kam, Knechte kamen, die Hofleute wurden wach, und ehe die beiden Diebe noch auf den Beinen standen, da waren sie schon umringt.

„Hallo, das ist der Kasperlemann!" rief einer.

„Hallo, der fortgejagte Klaus!" schrie ein anderer.

„Jemine, aber wer schreit im Wagen so schrecklich?" fragte der Pächter.

„Ach du lieber Himmel, das ist ja Kasperle!" Der eine Diener leuchtete mit einer Laterne, ein paar andere drängten nach, während die Knechte die beiden Diebe fortschleppten. Da stand der Gepäckwagen auf und da —

„Die Prinzessin!" rief der erste Diener entsetzt.

„Alle guten Geister, die Prinzessin sitzt im Gepäckwagen!" kreischten die andern. Und weil sie alle vor der Prinzessin eine große Angst hatten, rannten sie alle zurück und schrien nur immerzu: „Die Prinzessin sitzt im Gepäckwagen, die Prinzessin sitzt im Gepäckwagen!"

Über dem Lärm wurde der Herzog munter, er fragte laut: „Was ist denn los?"

Da stürzte sein Kammerdiener in das Zimmer und rief: „O, gnädiger Herr Herzog, die Prinzessin Gundolfine sitzt im Gepäckwagen, und beinahe wäre sie gestohlen worden!"

„Im Gepäckwagen?" stammelte der Herzog. „Nein, sie hat doch auch zu wunderbare Launen!"

„Wo soll ich sitzen?" kreischte draußen auf dem Flur die Prinzessin. „Wer sagt, daß ich im Gepäckwagen sitze? Was ist das für eine Frechheit!"

„Die Prinzessin Gundolfine sitzt im Gepäckwagen." Der jüngste Page rannte den Flur entlang, und schwipp, schwapp hatte er eine Ohrfeige rechts und eine links, und vor ihm stand die Prinzessin in einem dottergelben Schlafrock und rief ihm zu: „Siehst du nicht, daß ich hier stehe? Wie kann ich da im Gepäckwagen sitzen! Was ist das überhaupt für eine dumme Rede? Ich habe noch nie im Gepäckwagen geschlafen."

„Aber — aber —" Der Page konnte vor Erstaunen kein Wort reden.

Doch da kam schon wieder ein Diener gelaufen, der schrie auch: „Die Prinzessin sitzt im Gepäckwagen!"

Schwipp, schwapp, hatte er auch ein paar Ohrfeigen weg, und als er darob ein furchtbares Gebrüll anfing, steckte der Herzog selbst seine Nase aus dem Zimmer heraus und fragte: „Aber liebe Gundolfine, was ist das? Warum hast du denn im Gepäckwagen gesessen?"

„Jetzt das ist mir doch zu dumm!" rief die Prinzessin entrüstet. „In meinem ganzen Leben habe ich noch nicht im Gepäckwagen gesessen; das wäre ein ganz unschicklicher Aufenthalt und —"

„Der hat im Gepäckwagen gesessen und die Diebe verjagt!" Der Pächter kam angelaufen, im Arm hielt er das Kasperle, das noch immer der Prinzessin allerschönste Staatshaube auf dem Kopfe trug. Es zappelte und schrie arg, als es die Prinzessin erblickte.

„Hach, meine allerbeste, allerteuerste Haube!" Gundolfine stürzte sich wütend auf das Kasperle, und sie hätte ihm wohl die Haare ausgerissen, wenn der Pächter den kleinen Kerl nicht beschützt hätte.

„Mit Verlaub," sagte der, „dem darf nichts getan werden, das ist ein ungeheuer tapferer Bursch; der hat so geschrien, daß die Diebe in eine große Pfütze gefallen sind und —"

„Meine Haube, meine Haube, du abscheuliches Kasperle!" Die Prinzessin stürzte sich wieder auf Kasperle, und der Pächter drehte sich vor Schreck mit dem rund um.

Doch da gebot der Herzog streng: „Ruhe! Jetzt soll erst einmal Kasperle erzählen, was eigentlich geschehen ist. Niemand darf ihn anrühren."

Kasperle schluchzte, erst konnte er gar nicht sprechen, aber dann erzählte er doch, wie er die Diebe gehört habe, die des Herzogs Orden und der Prinzessin Staatskleider hätten rauben wollen. „Da habe ich mir flink eine Haube aufgesetzt und habe ein Gesicht wie die da gemacht," schloß Kasperle und deutete mit dem Fingerlein auf die Prinzessin, „weil — weil sich vor der alle graulen."

„Hach, ist das frech!" Die Prinzessin wollte in Ohnmacht fallen, aber sie sah auf einmal, wie alle lächelten; selbst der Herzog schmunzelte, als nun der Pächter erzählte, die Diebe, der Kasperlemann und ein früherer Diener Klaus, seien noch ganz verdattert vor Schreck, sie meinten wirklich, die Prinzessin habe selbst im Gepäckwagen gesessen.

„Er muß Haue haben!" Die Prinzessin war wirklich zornig.

„Nein," sagte der Herzog, „Kasperle hat sehr mutig gehandelt. Sei doch froh, daß deine Staatskleider nicht geraubt sind!"

„Aber meine Haube!"

„Nun, der einen Haube ist ja nichts geschehen!" Der Herzog war ärgerlich. Er befahl, man solle Kasperle nun in ein Bett legen, damit er sich ausschlafen könne, er habe sich so mutig benommen, und er wäre ihm sehr, sehr dankbar. Und er nickte dem Kasperle freundlich zu, und alle nickten auch freundlich, nur die Prinzessin sah bitterböse aus, und dem Kasperle war das Herz recht schwer, als er daran dachte, daß er zwischen den Hauben und Hüten der Prinzessin gelegen hatte. O weh, das würde morgen eine böse Überraschung geben!

Der Diener Veit, der Kasperle in ein Zimmer führte, war ein gutherziger Bursche; er merkte wohl, daß etwas Kasperle bedrückte, und freundlich fragte er: „Was fehlt dir denn?"

Stöhnend vertraute ihm Kasperle an, wo er im Gepäckwagen gelegen hatte.

Veit lachte. „Ja, warum stecken sie dich auch da hinein!" sagte er. „Aber sei getrost, ich schließe den Koffer noch, und morgen wird er abgeladen. Da merkt die Prinzessin erst auf ihrem Schloß, daß du zwischen ihren Hauben gesessen hast. Warum sperren sie dich auch da ein! Wenn einer im Dunkeln in etwas fällt, kann er nichts dafür."

Das tröstete Kasperle sehr. Er reckte und streckte sich in seinem Bett aus, und er kam sich schließlich selbst wie ein kleiner Held vor.

Kasperle schlief vergnügt bis zum Morgen, er schmauste vergnügt sein Frühstück, und dann durfte er dem Herzog guten Morgen sagen. Der schenkte ihm zur Belohnung für seine Tapferkeit gestern eine große Tüte Zuckerwerk und sagte, nachher, wenn er sich von der Prinzessin, die nur noch zwei Stunden weit mitfahre, getrennt habe, solle er in den Wagen zu ihm kommen. Er dürfe auch noch um etwas bitten, er solle sich nur recht überlegen, um was; nur um seine Freiheit dürfe er nicht bitten.

Das war ein ganz vergnüglicher Morgenanfang. Trotzdem man so etwas in eines Herzogs Gegenwart eigentlich nicht tut, steckte Kasperle doch gleich seine große Nase in die Zuckertüte.

Da seufzte und stöhnte es vor der Türe; die tat sich auf, und herein wurden der Kasperlemann und Klaus geführt. Der Herzog sah sie streng an. „Ihr bekommt schwere Strafe," sagte er; „ihr müßt viele Jahre im Gefängnis sitzen."

„Gnade, Gnade!" Der Kasperlemann weinte und Klaus weinte, sie knieten alle beide vor dem Herzog nieder und flehten immerzu, er möchte ihnen verzeihen, sie würden auch nie, nie wieder so etwas Schlimmes tun. „Die Kinder sind immer mit ihren Pfennigen davongelaufen, darum bin ich in große Not gekommen," sagte der Kasperlemann. „Und dann dachte ich, bei der Hochzeit der Gräfin Rosemarie würde ich spielen dürfen; man hat mich aber gar nicht recht vorgelassen."

„Ach, und meine Kinder sind krank!" jammerte Klaus. „Ach bitte, guter, lieber Herr Herzog, seid mir doch gnädig!"

„Nichts da, eingesperrt werdet ihr und viele, viele Jahre lang!" brummte der Herzog unwirsch.

Kasperle dachte: Er ist doch nicht gut. Schlimm waren ja die beiden, aber da sie nun so baten und ihre Tat so bereuten, sollte der Herzog doch nicht so streng sein. Und plötzlich fiel Kasperle etwas ein. Er hob seine Nase aus der Zuckertüte heraus, schluckte rasch noch ein Stück hinab, schnitt dabei ein so furchtbares Gesicht, daß der Kasperlemann dachte: O weh, jetzt klagt mich Kasperle auch noch an!

Der aber sagte: „Herr Herzog, du hast mir was versprochen; jetzt weiß ich, was ich mir wünsche."

„Gewiß noch eine Zuckertüte, deine ist bald leer," sagte der Herzog. „Kasperle, du wirst noch Bauchweh bekommen!"

„Nä," rief Kasperle vergnügt. Er deutete mit dem Fingerlein auf die beiden Diebe. „Gib die frei, Herr Herzog!" bettelte er.

„Was, Kasperle, du bittest für den Kasperlemann?" rief der Herzog erstaunt. „Der hat dich doch immerzu verfolgt!"

„Ach!" Kasperle stopfte einen Schokoladekringel in den Mund, kaute mit vollen Backen und schnatterte vergnügt: „‚Man muß vergessen und vergeben können,' hat immer Liebetraut gesagt; ich bin nicht mehr böse, nä."

Der Herzog schämte sich ordentlich ein bißchen über seine Härte. „Na, meinetwegen," brummelte er, „die beiden mögen frei sein, frei, weil Kasperle darum gebeten hat. Aber weißt du auch, Kasperle, daß du nun keine Bitte mehr frei hast?"

Kasperle grinste vergnügt und steckte ein großes rotes Zuckerherz in den Mund; schluck, schluck, da war es hinunter.

„Aber Kasperle, du bist ein Vielfraß!" rief der Herzog erschrocken.

„So 'n bißchen," rief Kasperle und schwenkte die riesengroße Zuckertüte hin und her. Und plötzlich schrie er laut: „Hurra, sie sind frei, frei, frei!" Er brüllte so entsetzlich, daß der Herzog sich die Ohren zuhielt. „Geht, geht hinaus!" rief er, „und, Kasperle, iß du lieber weiter von deiner Zuckertüte, als so mörderlich zu schrein."

Der Kasperlemann und Klaus dankten dem Herzog nochmals, und als sie hinausgingen, flüsterten sie beide: „Kasperle, die Guttat vergessen wir dir unser Lebenlang nicht!"

Kasperle aber fraß vergnügt weiter aus seiner Zuckertüte, vergnügt kletterte er dann zu seinem neuen Freund Veit in einen Wagen, und der erzählte ihm: „Kasperle, die Hüte und Hauben der Prinzessin sehen aber arg wüst aus! Na, das wird ein Geschimpfe geben! Gut, daß wir es nicht hören. Du bist doch aber ein rechter Schelm!" — Hü, hott! Los ging die Reise, die Landstraße entlang, dann kam ein Waldweg, ein Fluß, und als sie über dessen Brücke kamen, standen da etliche Reisewagen; die Prinzessin Gundolfine stieg hier aus.

Kasperle sah, wie das Gepäck ausgeladen wurde, er sah auch die riesengroße Hutschachtel, und er sah, wie die Prinzessin sie mißtrauisch musterte. „Der Deckel ist aufgewesen," rief sie, „der sieht kaputt aus."

„Ach, Unsinn!" brummte der Herzog. „Bringt Kasperle in meinen Wagen! Und dann weiter, ich habe keine Zeit mehr."

Kasperle huschte flink in des Herzogs Wagen, die Pferde zogen an, und just in dem Augenblick sah Kasperle, wie die Prinzessin in ihre Hutschachtel hineinschaute. Die kreischte laut auf, denn innen war nur ein zerdrücktes Gewühl und Durcheinander, und mitten auf dem besten Sonntagshut, der ganz verbogen war, lag noch eine angebissene Butterschnitte.

Die Prinzessin rang die Hände und drohte wütend den davonrollenden Wagen nach. Der Herzog sah es nicht, aber Kasperle sah es, und er brach in ein so unbändiges Lachen aus, daß selbst der grillige Herzog mitlachen mußte. Er mußte sich zuletzt den Bauch halten vor Lachen, und er dachte: Es ist doch gut, daß ich das Kasperle habe, das wird mir sicher immer meine böse Laune vertreiben.

Achtes Kapitel

Die erste Nacht auf Burg Himmelhoch

Da saß nun Kasperle in des Herzogs Wagen und reiste nach Burg Himmelhoch. Dort wohnte der Herzog immer den Sommer über. Der Weg ging stetig aufwärts, und auf einmal tauchte auf luftiger Höhe ein großes, helles Schloß auf; seine Fenster glänzten in der Nachmittagssonne und bunte Fahnen flatterten von seinen Türmen herab.

Kasperle vergaß in diesem Augenblick sogar seine Sehnsucht nach dem Waldhaus, so gut gefiel ihm das Schloß. Er steckte seinen Kopf zum Wagenfenster hinaus, weit, immer weiter, und der Herzog wollte gerade sagen: „Kasperle, fall nicht heraus!" Da lag Kasperle schon. Pardauz! mitten zwischen ein Trüpplein Kinder fiel er, die sich neugierig aufgestellt hatten, um den Herzog zu sehen.

Erschrocken stoben die auseinander, aber kaum hatten sie in das putzige Kasperlegesicht geblickt, da kamen sie alle zurück und erhoben einen ungeheuren Lärm. Der Herzog dachte nicht anders, als Kasperle habe sich wer weiß was gebrochen; daß ein Kasperle sehr viel hinpurzeln kann, ohne sich Schaden zu tun, ahnte er nicht. Er rief aufgeregt: „Kasperle ist verunglückt, helft, helft!" Und der Wagen hielt, Diener sprangen herzu. Das Kasperle aber stand putzmunter auf, schüttelte sich und schnitt so blitzdumme Gesichter, daß die Kinder vor Lachen beinahe auseinander platzten.

Dies ärgerte den Herzog August Erasmus sehr. Er konnte solches Gelärme nicht leiden. Auch wollte er, Kasperle sollte ihm allein etwas vorkaspern; er war der Herr, Kasperle sein Diener. „Steig ein!" befahl er streng, und vor seinem bösen Gesicht entflohen die Kinder scheu. Ganz ängstlich sahen sie dem Wagen nach, aber da auf einmal steckte wieder Kasperle den Kopf zum Fenster heraus, grinste, schnitt erst sein Räubergesicht, sah dann wie die Prinzessin Gundolfine aus, und jäh ertönte wieder das jauchzende Lachen der Kinder.

Da nahm der Herzog seinen Stock und gab Kasperle eins auf die Nase. Es krachte ordentlich, und Kasperle sank in die Wagenecke und brach wieder in sein beliebtes Heulen aus. Doch da hatte er kein Glück damit bei dem Herzog. Der liebte alles, was laut war, nicht, und er hieb einfach mit seinem Stock auf Kasperle ein, bis er muckstill war. Nur ganz, ganz leise heulte er vor sich hin, seine Nase, sein Rücken, alles tat ihm weh, und die schöne Burg, der sie nun nahe waren, gefiel ihm gar nicht mehr.

Der Herzog war ein grilliger Herr. Kasperles Geheule hatte ihm seine Laune gründlich verdorben, und er gab Befehl, den armen Schelm in eine vergitterte Kammer zu sperren. Die lag im Erdgeschoß und stammte noch aus der Zeit, da das erste Schloß auf dem Platze gestanden hatte. Das war einmal niedergebrannt und in einer Zeit, da die Menschen das Heitere, Helle liebten, neu aufgebaut worden.

Die Kammern unten waren düster und kühl, und das arme Kasperle hätte es recht schlimm gehabt, wenn nicht der Diener Veit gewesen wäre. Der sorgte für den kleinen Burschen, brachte ihm ein Bett in die Kammer und Essen genug. Und dann kam er zu ihm, ein anderer folgte, und als oben der Herzog verdrießlich in seinem Bette lag und der Haushofmeister in seinem Zimmer Tee trank, saßen in Kasperles Kammer ein paar Diener und Kammermädchen, und der Kleine hockte auf dem Tisch und kasperte ihnen etwas vor. War das lustig!

Das Lachen dröhnte durch den kleinen Raum und tönte zu dem Fensterchen hinaus; über dem, im ersten Stock, aber hatte der Herzog sein Zimmer. Der lag da satt und mißmutig; er hatte gerade die Augen geschlossen, als von unten herauf das Lachen ertönte.

Was war denn das? Der Herzog richtete sich auf und lauschte. Es lachte und lachte. Das war doch zu toll! Wütend riß er an seiner Klingel, und sein erster Kammerdiener fiel beinahe in das Zimmer. Das Klingeln aber hatten sie unten auch gehört. Just in dem Augenblick, als oben der Herzog zornig fragte: „Wer lacht so?" rief unten Veit: „Flink, Kasperle, ins Bett und alle raus, der Herzog hat uns gehört!"

Husch, husch, flitzten alle aus der Kammer. Veit drehte den Schlüssel um und Kasperle kroch in sein Bett.

Oben rief der Kammerdiener den Haushofmeister; der hörte des Herzogs Klage, und er lief selbst, so schnell er konnte, hinab und schloß Kasperles Kammer auf. Muckstill war es innen, nur aus Kasperles Bett tönte lautes Geschnarche.

Der Haushofmeister schüttelte den Kopf. Der Herzog hat geträumt, dachte er und stieg wieder die Treppe hinauf. „Kasperle schläft," meldete er oben.

„Unsinn, er hat gelacht! Man bringe ihn her!" befahl der Herzog.

Da ging der Haushofmeister mit dem Kammerdiener hinab. Unten riefen sie: „Kasperle, du sollst zum Herzog kommen."

Kasperle, der Schelm, regte und rührte sich nicht, er schnarchte wie eine Eule. Schließlich nahm ihn der Kammerdiener auf den Arm, und da rekelte sich Kasperle und tat, als könne er gar nicht die Augen aufmachen, und oben in des Herzogs Zimmer riß er seinen Mund, so weit er konnte, auf und gähnte erschrecklich. „Uah, uah!" Und dabei dehnte er sich, und schnipp, bekam der Haushofmeister Kasperles Bein mitten ins Gesicht.

„Kasperle," rief der Herzog zornig, „was tust du da?"

„Ich schlaaafe!"

„Du hast gelacht!"

Kasperle machte plötzlich sein bitterböses Räubergesicht, und der Herzog sank erschrocken in seine Kissen zurück. „Tragt ihn fort, schließt ihn ein, und der Schlüssel soll hier an meinem Bett liegen!" rief der Herzog ärgerlich. „Das ist ja ein ganz schlimmer Geselle!"

Da trug der Kammerdiener Kasperle in seine Kammer zurück, warf ihn ins Bett, schloß zu, und wutsch, saß Kasperle aufrecht da. Er war kein bißchen müde, sondern hatte die größte Lust, ein dummes Streichlein zu machen. Er wartete ein Weilchen, bis alles still draußen auf den Gängen war, dann zündete er sich eine Kerze an. Veit hatte ihm ein Feuerzeug und Kerzen in einen Winkel gestellt. Und mit seinem Licht leuchtete Kasperle die ganze Kammer ab. Er dachte: Hoho, vielleicht finde ich ein geheimes Gänglein wie einstmals im Waldschloß des Herzogs. Aber soviel er auch klopfte und suchte, einen Ausschlupf fand er nicht. Nur ein winziges Türchen war da, das führte in den Schornstein. Gerade über seinem Bett war das.

Der Herzog August Erasmus war gerade eingeschlafen, als plötzlich ein furchtbar dumpfes Getöse ihn weckte. Erschrocken richtete er sich auf. Was war das?

„Huhuhu!" klagte, stöhnte, ächzte es, und der Herzog riß zitternd an seiner Klingel.

Wieder stürzte der Kammerdiener herbei, der Haushofmeister kam, und beide lauschten schreckensbleich den unheimlichen Tönen.

„Kasperle, sicher, das ist Kasperle!" ächzte der Herzog, und der Haushofmeister rannte die Treppen hinab, schloß die Kammer auf und — da lag Kasperle und schlief ganz fest.

Der Haushofmeister lief wieder hinaus und sagte: „Er ist's nicht, er schläft!"

„Doch, er war's," rief der Herzog. „Hört nur, jetzt ist es still geworden!"

Es war wirklich still geworden, denn Kasperle hatte nun doch Angst bekommen. Er ließ das Ächzen und Stöhnen sein, und als der Haushofmeister und der Kammerdiener wieder in seine Kammer kamen, da schlief er nun wirklich ganz fest.

Oben sagten die beiden: „Er ist's nicht gewesen."

„Doch, er war's, und morgen soll er seine Strafe haben," rief der Herzog. „Jetzt will ich schlafen."

Das wollten alle Leute im Schloß. Bald herrschte die allertiefste Stille, nichts rührte und regte sich.

In Kasperles Kammer aber flog ein kleiner Kauz; der flatterte Kasperle um die Nase herum, und davon wachte er auf. Er schrie aber nicht so erschrecklich wie die Prinzessin Gundolfine, sondern griff zu und fing den Kauz. Hach, dachte er, der kann auch durch den Schornstein zurückfliegen, hinaus kommt der schon! Und flink tat er das Türlein auf und steckte den armen Kauz hinein. Mochte er sich selber weiterhelfen.

Na, so sehr gemütlich fand der das nicht, durch einen Schornstein zu fliegen. Er fing also an zu schrein, und wieder fuhr der Herzog erschrocken in seinem Bett empor. Das schrie und rauschte und flatterte, und der Herzog kroch unter sein Deckbett und schrie um Hilfe.

Da wurde es wieder lebendig im Schloß, wieder rannte der Haushofmeister hinab und fand Kasperle schlafend. Diesmal nahm er Kasperle einfach beim Wickel und trug ihn in des Herzogs Zimmer. „Da ist er," rief er, „er schläft wieder."

„Er ist es nicht," rief der Kammerdiener, „es schreit noch immer."

Ja, es schrie noch immer, denn der arme kleine Kauz fand nicht so schnell zum Schornstein hinaus.

„Uaah, uaah!" gähnte Kasperle. Den hatte der Haushofmeister auf den Boden gelegt, denn er hatte keine Lust, wieder Kasperles Fuß in sein Gesicht zu bekommen.

„Er ist es wirklich nicht," rief der Herzog zitternd. Der Kauz flog jetzt gerade durch den Schornstein seines Zimmers und er klagte laut.

„Das ist ein Gespenst," flüsterte der Kammerdiener.

„Rissel, rassel," schnarchte Kasperle am Boden.

Noch einmal klagte der Kauz in der Esse wie ein kleines Kind, dann war alles still; der Kauz hatte hinausgefunden. Kasperle schnarchte am Boden und der Herzog sagte seufzend: „Weckt ihn, er soll mir etwas vorkaspern!"

Ja, Kasperle wecken, wenn er tat, als schliefe er, war ein schweres Ding! Aber endlich bequemte sich Kasperle doch, riß seine Augen weit auf und fragte: „Was soll ich?"

„Hast du vergessen, daß du mich unterhalten willst, wenn ich verdrießlich bin?" fragte der Herzog brummig.

„Nä!" Kasperle grinste, und dann fing er an Purzelbäume zu schlagen. Eins, zwei, drei, klirrrr! ging der große Pfeilerspiegel in Scherben, weitherum spritzten die Glasstücke, und der Herzog rief erschrocken: „Aufhören, aufhören!"

Da saß das Kasperle schon mitten auf seinem Bett, steckte sich sein eigenes Bein in den Mund und schickte sich an, auf dem Herzog und dem Bett herumzukollern.

„Um Himmels willen, nehmt ihn weg, sperrt ihn ein! Aber nicht unten in die Kammer, irgendwo, wo er nicht ausreißen kann," rief der Herzog. „Ganz schlecht soll er es haben."

Der Haushofmeister, der bald umfiel vor Müdigkeit, nahm das Kasperle, zerrte es mit sich fort, und draußen sagte er: „Kasperle, wenn du mir versprichst, ganz brav zu sein, kannst du auf meinem Sofa schlafen; sonst mußt du unten in eine dunkle Kammer gehen."

„Will brav sein," rief Kasperle erschrocken.

„Still, still!" mahnte der alte Haushofmeister, dem der arme kleine Schelm trotz des Nasenstübers leid tat, „damit es der Herr Herzog nicht hört, sonst geht es uns beiden übel."

Und er nahm Kasperle mit in seine Stube. Kasperle durfte sich auf ein weiches, rotes Sammetsofa legen und ungestört schlafen, und der alte Haushofmeister dachte, als Kasperle flink einschlief: Armer kleiner Bursch, wie wird es dir hier noch ergehen! Unserm Herzog es recht zu machen, wenn er schlechte Laune hat, ist ein übles Ding.

Und dann legte er sich selbst in sein Bett, und nach ein paar Minuten schliefen alle im Schloß. Nur der Herzog nicht, der war putzmunter vor lauter Aufregung geworden. Er drehte sich rechtsum, linksum, lag auf dem Rücken, lag auf dem Bauch, drehte das Kopfkissen um, einschlafen konnte er nicht.

„Daran ist nur Kasperle schuld," brummte er; „ich werde einen Käfig machen lassen und ihn hineinstecken. Warte nur, Kasperle, zum Teufel schicke ich dich nicht, aber schlimm soll es dir ergehen, wenn du weiter so unnütz bist."

Neuntes Kapitel

Das traurige Marlenchen

Ausgeruht und purzelvergnügt flitzte Kasperle am nächsten Morgen in den Park, der das Schloß umgab. Der Haushofmeister hatte ihm ein gutes Frühstück gegeben, da war er satt, und der Herzog hatte ihn nicht rufen lassen, das gefiel ihm gut. Was der Herzog für bitterböse Gedanken hatte, ahnte er nicht.

Der Herzog wieder dachte, das Kasperle sei eingesperrt, also mochte es eingesperrt bleiben. Doch der Haushofmeister war ein milder alter Mann und nicht sehr für das Einsperren. Der hatte nur gefragt: „Kasperle, läufst du auch nicht fort?“ Und da hatte Kasperle ihn traurig angesehen und von seinem Versprechen erzählt, und der Haushofmeister merkte, das brach Kasperle nicht. Also durfte der kleine Kerl im Garten herumspazieren.

Der war schön und weit; erst kamen Blumenbeete und Rasenflächen, dann ein kleines Wäldchen, durch das ein Bächlein rann. Vergißmeinnicht und Butterblumen blühten an seinem Rande und glänzende Kiesel lagen auf seinem Grunde. Flinke Forellen schwammen manchmal rasch vorbei und schimmernde Libellen tanzten über dem Wasser hin.

Das Bächlein gefiel Kasperle gut. Er hörte es rauschen, lief dem Tone nach und sah dann das silberklare Wasser. Da dachte Kasperle gerade an hineinpatschen und Darinspielen, als er ein kleines Mädchen am Rande sitzen sah. Es war ein feines, schönes Kind, wie das Schneewittchen im Märchen, nur die Wänglein warennicht rot wie Blut, sondern auch weiß wie frischgefallener Schnee.

„Hollahe!“ schrie Kasperle vergnügt. Der dachte: Das ist eine feine kleine Spielgenossin.

Das Kind fuhr erschrocken zusammen, tat einen Seufzer und sank blaß und still ins Gras.

Kasperle war arg erschrocken. Es sah wirklich aus, als ob die Kleine tot wäre. Ganz sachte ging er näher und betrachtete das zarte Gesichtchen. Da öffnete das Kind die großen, dunklen Augen und sah ihn traurig an. Dem Kasperle tat das Herz weh, so traurig war der Blick. Er blieb ganz still stehen, ließ die Nase hängen und wagte kaum sich zu rühren.

Ein Weilchen war es ganz still, bis auf einmal eine leise, traurige Stimme fragte: „Wer bist du denn?“

Kasperle sah die Kleine scheu an und antwortete: „Kasperle. Aber du, bist du eine Prinzessin?“

„Nein,“ antwortete die Kleine, „ich bin nur das traurige Marlenchen.“

„Warum bist du denn traurig?“ Kasperle schnitt die fürchterlichsten Gesichter vor lauter Mitleid. Sonst lachten alle Kinder darüber, das traurige Marlenchen aber beugte sich über den Bach, und ihre Tränen tropften in das Wasser. „Ich muß immer weinen,“ klagte sie.

„Warum mußte denn das?“ Kasperle weinte ja auch oft und recht tüchtig, er konnte aber nicht begreifen, daß jemand immerzu weinen muß.

„Um meinen Vater weine ich,“ flüsterte das traurige Marlenchen.

Ob der wohl tot war? Kasperle wagte nicht zu fragen, er setzte sich nur still neben die Kleine, und eine Weile war nur das Plätschern des Baches und das Rauschen der Bäume zu hören. Plötzlich aber rief ferne eine Stimme: „Kasperle, Kasperle!“

Der sprang auf. Der Haushofmeister hatte gesagt: „Wenn du gerufen wirst, komme sofort, sonst sperrt dich der Herzog wirklich ein.“ Kasperle schrie nur noch: „Ich komme wieder,“ und dann rannte er in solchen Bocksprüngen dem Hause zu, daß ihm das traurige Marlenchen ganz verwundert nachsah.

Im Schloß kam Veit schon Kasperle entgegen. „Schnell, schnell, du sollst zum Herzog kommen, aber schlage nicht wieder Purzelbäume!“

Der Herzog saß in einem schönen, großen Zimmer und war verdrießlich. Das war er beinahe alle Tage, vielleicht weil er es zu gut hatte im Leben. Er gähnte und sah Kasperle streng an: „Wo warst du?“

„Im Garten," stammelte Kasperle und er wollte gerade sagen: Ich habe das traurige Marlenchen gesehen, als ihm der Haushofmeister zuflüsterte: „Still!"

Klapp! machte Kasperle seinen Mund zu. Er stand da und schaute mit seinen glitzernden Äuglein den Herzog erstaunt an; nein, sah der brummig aus! Auf einmal fragte der Herzog: „Kannst du wirklich aussehen wie meine Base Gundolfine?"

Kasperle verzog flink sein Gesicht, ganz wunderlich war es, wie er das konnte, und plötzlich schaute er wirklich beinahe wie die Base Gundolfine drein.

Der Herzog lachte ein wenig und befahl: „Schneide noch mehr Gesichter!" Da schnitt Kasperle Gesicht um Gesicht und der Herzog dachte: Ein spaßiger Kerl ist's schon.

Er war nachher auch ganz gnädig und sagte, Kasperle solle eine Stube im Turm bekommen. Die hatte auch vergitterte Fenster, und dann durfte Kasperle an des Herzogs Tafel Mittag essen.

Jemine, das war aber eine Geschichte! Daheim im Waldhaus hatte selbst die schöne Frau Liebetraut, die doch dem Kasperle so vieles nachsah, über des kleinen Burschen flinkes Essen gescholten. Aber an des Herzogs Tafel war man so etwas nicht gewöhnt. Schluck, schluck, da war der Teller leer, und was für Portionen lud sich der Kleine auf!

Der Herzog pflegte siebenmal am Tag zu essen, und dazwischen schleckte er immer Schokolade. Da aß er dann zu Mittag immer nur ganz wenig, und seine Hofleute aßen sich meist hinterher satt, weil sie am Tisch zu kurz kamen. Denn der Herzog ärgerte sich, wenn einer mehr als er selbst aß. Nur die Prinzessin Gundolfine pflegte tüchtig zu schmausen. Und nun fraß das Kasperle wie ein kleiner Werwolf. Nach der Suppe streckte er seinen Teller aus und schrie: „Nochmal!"

„Genug," rief der Herzog ärgerlich, „es gibt nur einmal."

Hei, dachte Kasperle, wenn es so ist, muß ich mich dazu halten! Und beim zweiten Gang lud er sich den Teller voll; wie ein Berg türmte er alles auf, und der Diener, der herumreichte, hatte Mühe sein Lachen zu verbergen. Nun konnte das Kasperle essen!

Der Herzog sagte nichts, er sah nur ein paarmal streng hin, und der Kammerherr, neben dem Kasperle saß, schubste ihn und flüsterte leise: „Nimm nicht so viel!"

Kasperle erschrak, und beim nächsten Gang nahm er nur bescheiden ein winziges Stückchen. Aber dann kam die süße Speise, und da war es um Kasperle geschehen. Den halben Pudding lud er sich auf den Teller, und der Herzog bekam ganz große, runde Augen vor Schreck. „Kasperle," rief er, „das ist unbescheiden."

Kasperle versank erschrocken mit seiner großen Nase in dem Puddingberg. Ein leises Lachen erklang ringsum, der Herzog aber rief streng: „Kasperle soll aufstehen, den Pudding darf er nicht essen!"

Das war bitter. Kasperle verzog sein Gesicht, er wollte heulen, aber sein Freund Veit hielt ihm einfach den Mund zu. Er hob ihn auf, führte ihn aus dem Saal, und draußen flüsterte er ihm zu: „Sei still, ich bringe dir deinen Pudding!"

Ein anderer Diener, der nicht bei Tische aufwartete und der mürrisch und unfreundlich war, nahm Kasperle, führte ihn in den Turm, schloß brummig die Türe zu, und da saß Kasperle allein und gefangen. Er dachte wieder an das Waldhaus, an das traurige Marlenchen und den Pudding. Das war zuviel für ihn, und er brach in ein jämmerliches Geheule aus.

Er weinte lange, bis er draußen Schritte hörte. Es war der alte Haushofmeister, der selbst kam, ihm seinen Pudding brachte und ihn gutherzig tröstete. „Kasperle," sagte er, als der schon wieder purzelvergnügt zu schmausen begann, „wenn du mir fest versprichst, keine Dummheiten zu machen und nur dann aus dem Turm zu wutschen, wenn es gar niemand merken kann, will ich dir etwas verraten. Ich muß nämlich den Schlüssel dem Herzog geben; du sollst nur herausgelassen werden, wenn der Herzog von dir unterhalten sein will, sonst sollst du immer, immer im Turm stecken. Doch der Turm hat noch ein Türchen, von dem aus du die Treppe hinablaufen kannst. Der Turm ist nämlich noch von dem alten Schloß."

„Wie im Waldschloß," rief Kasperle vergnügt, und flink schlug er dem Bild eines würdigen Herren auf den Magen, weil er dachte, das Türlein sei dahinter.

Aber der Herr blieb steif und feierlich an der Wand hängen und der alte Haushofmeister lachte. „So flink findest du das nicht," sagte er, „und erst mußt du mir dein Wort geben, keine Dummheiten zu machen."

Das gab ihm Kasperle. Freilich, der gute Haushofmeister wußte nicht, daß Kasperle für die harmlosesten Dinge ansah, was man sonst schon große, unnütze Streiche nennt.

„Nun paß also auf!" Der Haushofmeister schloß den Schrank auf, verschwand drinnen und — kam auf einmal ganz vergnügt durch die Türe von außen wieder in die kleine Stube hereinspaziert.

Das war doch merkwürdig! Hops! sprang Kasperle auch in den Schrank, der Haushofmeister schloß von außen zu, und da saß Kasperle im Schrank. Er klopfte, drückte, aber nirgends war ein Spalt. Es wurde ihm himmelangst und er schrie flehend: „Rauslassen, rauslassen!"

Der Haushofmeister schloß lachend die Türe wieder auf. „Siehst du, kleines Kasperle," sagte er, „so rasch findest du hier nicht die geheimen Wege, um herumzugeistern. Aber nun paß einmal auf!" Und er drehte an einem Kleiderhaken, da schob sich die Wand auseinander und Kasperle stand unversehens draußen auf dem Treppengang.

Das war fein! Vergnügt witschte er wieder in das Zimmer, wieder in den Schrank hinein, war draußen, war drinnen, und als er es dreimal gemacht hatte, sagte der Haushofmeister: „So, nun ist's genug, nun bleibe jetzt nur drinnen! Jetzt kannst du ein bißchen zum Fenster hinaussehen."

„Ach, ich möchte raus!" bettelte Kasperle, „ich möchte zum traurigen Marlenchen." Da hielt ihm der Haushofmeister erschrocken den Mund zu. „Schweig!" sagte er, „davon dürfen der Herzog und der Oberhofmeister nichts hören, auch die Prinzessin Gundolfine nicht, sonst geht es uns übel."

Kasperle riß weit Mund und Augen auf. Was war denn das für eine geheimnisvolle Geschichte mit dem traurigen Marlenchen? Doch ehe er fragen konnte, erzählte sie ihm der Haushofmeister selbst. Der setzte sich an das kleine vergitterte Fenster und begann: „Der Vater des traurigen Marlenchens besitzt ein kleines Schloß; vom Bächlein aus, an dem Marlenchen immer sitzt, geht man dorthin etwa eine halbe Stunde. Da, schau, dort siehst du es in der Ferne liegen." Er zeigte auf ein Schloß, das sich aus Bäumen heraushob. „Bei unserm Herzog war der Herr von Lindeneck, so heißt er und auch das Schlößchen, Jägermeister. Seine schöne junge Frau ist früh gestorben, und das Marlenchen ist sein einziges Kind. Einmal, die Prinzessin Gundolfine — Himmel, Kasperle, was ist denn?"

Kasperle hatte bei der Erwähnung der Prinzessin gleich sein bitterböses Räubergesicht gemacht, und der Haushofmeister sah ihn ganz erschrocken an. Als ihm Kasperle aber sagte, dies sei, weil er von der Prinzessin gesprochen habe, lachte er und brummelte: „Ja, die ist auch schlimm! —Na also," fuhr er fort, „die Prinzessin Gundolfine war da und der Herzog jagte in dem Walde, der an den Park stößt. Es war ein heißer Tag, und der Herzog kam und kühlte sich einmal die Hände im Bach. Dabei zog er einen kostbaren Ring ab und legte ihn auf einen großen, flachen Stein. Der Platz ist unter einer riesengroßen, alten Ulme; dort wirst du heute das traurige Marlenchen getroffen haben."

Kasperle nickte eifrig. „Auf dem Baum ganz oben ist ein Vogelnest," sagte er.

„So, so!" Der Haushofmeister hörte kaum darauf, er erzählte weiter: „Wie sich der Herzog gewaschen hatte, kam ein Jägerbursche und rief, ein großer Raubvogel sitze im Wald auf dem Baum, es scheine fast ein Adler zu sein. Der habe sich gewiß aus dem hohen Gebirge verflogen. ‚Den muß ich schießen, aber allein,' rief der Herzog. Er vergaß seinen Ring und eilte davon und der Hofjägermeister blieb am Bach sitzen. Der wußte, der Herzog hatte es nicht gern, wenn er mit ging, weil er viel, viel besser schießen konnte. Und unser Herzog mag's nicht leiden, wenn einer etwas besser kann als er. Der Herr von Lindeneck blieb also am Bach sitzen, sah dessen Wellchen hüpfen und springen, er sah die Libellen tanzen und dachte dabei nicht an des Herzogs Ring. Plötzlich hörte er in der Ferne lautes Rufen und Schüsse und dann kam der Herzog zurück und er stand auf und ging ihm entgegen.

‚Es war wirklich ein verflogener Adler,' rief der Herzog ärgerlich, ‚aber mein Schuß ging fehl. Das ist nur davon gekommen, daß ich meinen Glücksring nicht angesteckt hatte!'

Und rasch ging der Herzog auf den großen Stein zu, auf den er vorher den Ring niedergelegt hatte, doch der Ring war weg. ‚Haben Sie meinen Ring aufgehoben?' fragte der Herzog den Hofjägermeister. ‚Geben Sie mir ihn rasch!'

Der Herr von Lindeneck erschrak. Er hatte gar nicht an den Ring gedacht und er sagte etwas verwirrt: ‚Er muß doch dort liegen!'"

Der alte Haushofmeister seufzte. „Ich bin nicht dabei gewesen, aber der Veit, der ein guter Bursche ist, war dabei, und der hat gesagt, Marlenchens Vater sei nur etwas erschrocken gewesen, keine Maus hätte denken können, er habe ein schlechtes Gewissen. Doch die Prinzessin Gundolfine, die den Herrn von Lindeneck nicht leiden konnte, und die dazu kam, hat gleich gerufen: ‚Sie sehen ja so verlegen aus! Ei, ei, Sie haben wohl den Ring in der Tasche verwahrt?'

Das war sehr böse und der Herzog war zuerst auch ärgerlich über die häßlichen Worte der Prinzessin, aber als sich der Ring nicht fand, wurde er immer verstimmter und die Prinzessin tuschelte ihm immer zu: ‚Der Herr von Lindeneck mag doch mal seine Taschen weisen!' und da hat er zuletzt das von seinem Hofjägermeister verlangt.

Der ist totenbleich geworden, hat gleich alle seine Taschen aufgerissen, doch der Ring hat sich nicht gefunden. Die Prinzessin aber hat gerufen: ‚Er wird schon wissen, wo er ihn versteckt hat!'

Darüber ist der Hofjägermeister so zornig geworden, daß er beinahe die Prinzessin geschlagen hätte. Es hat einen großen Streit gegeben. Der Herzog war auch böse auf die Prinzessin, und endlich ist der Herr von Lindeneck in den Schloßhof gegangen, hat sein Pferd bestiegen und ist davongeritten.

Dem Herzog war es nicht recht, und gewiß wäre auch alles gut geworden, aber an dem Ring hing ein alter Aberglaube. Wer ihn trägt, bleibt immer gesund, wer ihn verliert, muß bald sterben. Wie nun alle eilig in das Schloß gegangen sind, hat sich der Herzog eine Beule am Türpfosten gestoßen, und da hat er gemeint, er müßte gleich sterben. Er hat gejammert: ‚Mein Ring, mein Ring!' und die Prinzessin hat wieder gerufen: ‚Der ist gestohlen!'

Oh, die Prinzessin Gundolfine ist schon eine bitterböse Frau!"

„Ja," rief Kasperle dazwischen, und er nickte höchst lebhaft und schnitt gleich wieder sein Räubergesicht.

Diesmal erschrak der Haushofmeister nicht, er nickte nur. „Ja, ja, du hast recht, das Gesicht verdient sie, kleiner Kasper. Sie hat schwere Sünde getan, hat die arme kleine Marlene angeschrien: ‚Dein Vater ist ein Dieb, er hat gestohlen!'

Das Kind ist so totenbleich geworden, wir haben alle gedacht, es sterbe, und die schöne Gräfin Rosemarie hat es in den Armen gehalten und hat geweint und geklagt. Man hat nach dem Leibarzt gerufen, aber da ist das Marlenchen plötzlich aufgesprungen und ist davongelaufen, ehe es noch jemand halten konnte.

Die Gräfin Rosemarie ist ihm nachgerannt, aber erst am Schloß Lindeneck hat sie die Kleine eingeholt. Doch da hat der Herr von Lindeneck sein Kind an die Hand genommen, ist im Schloß verschwunden, und seitdem darf dort kein Fremder mehr die Schwelle übertreten.

Aus dem Marlenchen, das ein liebes, lustiges Dinglein war, ist das traurige Marlenchen geworden. Es sitzt oft am Bach an dem Platz, an dem der Ring verloren gegangen ist, und sucht und sucht; ich glaube, es ist kein Kiesel im Bach, den das Marlenchen nicht schon umgedreht hat. Davon weiß der Herzog nichts und ihr Vater auch nicht. Der Herzog meidet seit dem Tage den Platz, er geht nie mehr nach jener Seite des Parkes, und der Herr von Lindeneck wandert nur abends durch seinen Wald; er läßt sich vor niemand mehr sehen. Der Graf von Singerlingen hat schon oft an dem Schloßtor gestanden und Einlaß begehrt; man hat ihn nicht eingelassen, und dabei war er des Hofjägermeisters bester Freund."

Der Haushofmeister schwieg, und Kasperle sah ihn erwartungsvoll an. Endlich fragte er: „Wer hat denn den Ring?"

„Ach lieber Himmel, du blitzdummes Kasperle!" rief der alte Herr. „Wenn das jemand wüßte, dann wäre doch alles gut! Nur weil sich der Ring nicht gefunden hat, denkt der arme Herr von Lindeneck, alle Leute halten ihn auch für einen Dieb, wie es die Prinzessin tut. Dabei denkt das kein Mensch; wer weiß, wohin der Ring geraten ist! Vielleicht hat ihn gar eine von den großen Forellen verschluckt. Ach, es ist ein Jammer! So ein lieber Herr war der Jägermeister, und das arme Marlenchen war ein rechtes Sonnenkind, und nun ist es immer blaß und traurig."

Plötzlich fiel dem Haushofmeister etwas ein. „Kasperle," sagte er, „du könntest versuchen, das Marlenchen aufzuheitern. Jetzt im Sommer, um die Zeit, da unser Herzog regiert, sitzt die Kleine tagaus, tagein am Bach; da könntest du ihr etwas vorkaspern, vielleicht lernt das traurige Marlenchen das Lachen wieder."

„Ich geh gleich hin," schrie Kasperle und wutschte flink in den Schrank hinein, aber sein Beschützer hielt ihn noch am Hosenzipfel fest. „Jetzt nicht, Kasperle, jetzt ist das Marlenchen nicht da. Jetzt bleibe du nur hier, denn wenn der Herzog von seinem Mittagsschlaf erwacht und du bist nicht da, dann gibt es großen Spektakel. Morgen früh darfst du an den Bach. Sieh, hier habe ich eine Pfeife; wenn ich dreimal auf der pfeife, dann mußt du zurückkommen. Du darfst aber auch niemand außer Veit etwas sagen, nur der und der Gärtner noch wissen es, daß das traurige Marlenchen dort alle Tage nach dem verlorenen Ringe sucht."

„Ich helf' suchen," sagte Kasperle. „Paß auf, ich finde den Ring!"

„Ach Unsinn, den findet niemand mehr!"

„Doch, ich hab' mal geträumt, ich hätt'n Ring gefunden."

„Wo denn? Wann denn?"

Da sperrte Kasperle den Mund weit auf und murmelte kleinlaut: „Ja, das weiß ich nicht mehr!"

„O Kasperle!" Der alte Haushofmeister streichelte das dumme, unnütze Kasperle und er versprach ihm, nachher sollte Kasperle auch Milch und Kuchen bekommen, wenn er brav wäre.

Das Bravsein gelobte Kasperle feierlich. Und er kletterte auch ganz still auf das Fensterbrett, als der Haushofmeister gegangen war, und schaute hinaus. Nicht weit vom Schloß lag eine mauerumrankte kleine Stadt, rechts kamen Wiesen und Wälder und auf einer Anhöhe lag Schloß Lindeneck.

Kasperle guckte sich beinahe die Augen aus dem Kopf, und da sah er in der Ferne wieder ein Schloß liegen. Es war gut, daß just Veit in das Turmstübchen kam, denn sonst wäre Kasperle wohl vor Neugier noch aus dem Fenster gepurzelt. Veit sagte auch, das erste Schloß sei Lindeneck, das zweite dort in der Ferne aber Weidbronnen, dort wohne oft der Graf von Singerlingen.

So nah wohnte der! Kasperles Augen glitzerten vor Freude und er sagte plötzlich: „Wenn er mich zum Teufel schickt, dann geh' ich dahin."

„Wer soll dich denn zum Teufel schicken?"

„Na, der Herzog."

Veit lachte. „So etwas sagt der nicht, dazu ist er viel zu fein. Aber horch, Kasperle, es wird einmal gepfiffen; das heißt, du sollst zum Herzog kommen. Nun sei aber brav und benimm dich gut!"

Kasperle versprach es, und dann ging er an Veits Hand bis an des Herzogs Nachmittagswohnzimmer. Veit machte die Türe auf, Kasperle übersah die Schwelle und platsch, lag er, so kurz er war, im Zimmer, und der Herzog ließ vor Schreck seine Tasse fallen. Er schalt heftig und Kasperle stand da wie ein begossenes Pudelchen. Veit aber dachte: Das nennt er nun sich gut benehmen! O mein armes, dummes Kasperle, wie wird es dir hier ergehen!

Zehntes Kapitel

Eine neue Freundin

Gut ging es dem armen Kasperle nicht auf Burg Himmelhoch. Erst sollte er mit dem Herzog Kaffee trinken, da versank er wieder mit seiner großen Nase in der Kaffeetasse, was der Herzog sehr, sehr unschicklich fand. Dann mußte Kasperle mit spazierenfahren und wie ein kleiner Diener hinten aufsitzen. Kasperle fand das sehr lustig, und allemal, wenn jemand vorbeikam, lachte er und schnitt Gesichter. Die Leute lachten, oder sie erschraken furchtbar und liefen davon. Erst wußte der Herzog gar nicht, was das bedeuten sollte, bis ihm Kasperle einfiel, er drehte sich um, und just da machte Kasperle ein Gesicht wie die Prinzessin Gundolfine, und ein paar Kinder am Wege kreischten laut.

Das war doch zu toll! Der Herzog nahm seinen Stock und schlug Kasperle auf den Rücken. Potzwetter, tat das weh!

Und nicht einmal heulen durfte Kasperle, der Herzog drohte, er würde noch mehr Schläge bekommen. Dazu befahl der Herzog: „Schneller fahren!" und der Wagen sauste dahin, Kasperle hatte Mühe, nicht runterzufallen; ganz verdutzt war er, als sie wieder vor dem Schlosse anhielten.

Abends mußte Kasperle dann dem Herzog etwas vorkaspern. Weil er aber vor lauter Angst zum Abendessen nicht recht gegessen hatte, fing plötzlich sein Magen an erschrecklich zu knurren. Der Herzog, der eben noch gelacht hatte, zog gleich wieder ein verdrießliches Gesicht und sagte, das sei sehr, sehr unschicklich. Magenknurren sei bei Hofe verboten.

„Aber im Waldhaus nicht." Das wollte Kasperle ganz, ganz leise sagen, aber seine Stimme rutschte ihm aus, und so hörte es der Herzog. Da bekam Kasperle Schläge, nichts zu essen, wurde ins Bett geschickt und eingeschlossen. Müde, hungrig weinte er sich in den Schlaf. Ach, es war doch schwer, eines grilligen Herzogs Diener zu sein!

Als Kasperle aufwachte, dämmerte draußen erst der Morgen, und hinter der kleinen Stadt glühte der Himmel im Frühlrot. Kasperle schaute zum Fenster, er sah auch hinüber nach Schloß Lindeneck und das traurige Marlenchen fiel ihm ein. Und weil Kasperle ein gutherziger kleiner Kerl war, dachte er sich gleich aus, wie er das Marlenchen unterhalten wollte. Und damit er recht schöne Gesichter schneiden konnte und Purzelbäume schlagen, fing er an, das zu üben, und gerade wie er mitten drin war, kam Veit ins Turmstübchen.

Der lachte vergnügt. „O Kasperle," sagte er, „was bist du für ein schnurriger Kauz! Nun komm nur her und frühstücke! Der Haushofmeister läßt dir sagen, du sollst dich erst ordentlich satt essen, damit du nachher beim Herzog nicht wieder wie ein kleiner Vielfraß zulangst. Du sollst nämlich mit dem Herzog frühstücken."

Schön war diese Aussicht gerade nicht. Kasperle seufzte schwer, aber dann befolgte er den guten Rat des Haushofmeisters. Er aß sich so plumpsatt, daß er sich kaum noch rühren konnte. So wohl gerüstet ging er zum Frühstück des Herzogs.

„Mach' eine schöne Verbeugung!" hatte Veit ihm geraten. Das wollte Kasperle auch tun. Er verbeugte sich tief, weil er aber so vollgegessen war, platzten ihm unversehens seine Hosenknöpflein, und das fand der Herzog nun wieder sehr, sehr unschicklich.

Kasperle mußte das Zimmer verlassen, und die Hausverwalterin Babette nähte ihm erst die Knöpflein wieder an. Das war eine gutmütige Frau, die ihren Spaß an Kasperle hatte. Sie versprach ihm auch, sie wolle ihm einen neuen Kittel nähen, einen von himmelblauer Seide.

„Lieber grün," bettelte Kasperle.

„Meinetwegen auch grün, aber warum denn?"

Doch das sagte Kasperle nicht. Er dachte bei sich: Wenn ich ein grünes Wämslein habe und durch den Wald laufe, sieht man mich nicht. Ein ganz kleines bißchen dachte der Schelm nämlich ans Ausreißen. Wer weiß, der Herzog sagte doch einmal etwas vom Teufel!

Jetzt freilich mußte er zum Herzog zurückgehen. Der war eigentlich kein böser Mann, nur seit er seinen Ring verloren hatte, war er noch grilliger als früher geworden. Unrecht tun wollte er niemand, aber weil ihn nie jemand ob seiner üblen Launen gescholten hatte, dachte er, diese seien gar nicht schlimm. In der Nacht hatte er an Kasperle gedacht, und der kleine Kerl hatte ihm sehr leid getan. Er sann nach: Kasperle war doch noch nie an einem Hofe gewesen, wie konnte er wissen, wie man sich da benehmen mußte! Morgen bin ich recht gut gegen ihn, hatte sich der Herzog vorgenommen, darum hatte er Kasperle auch zum Frühstück eingeladen.

Wenn aber Hosenknöpflein abplatzen, ist es dumm. Kasperle kam ganz scheu mit den angenähten Knöpfles wieder herein, und zu seiner Verwunderung sagte der Herzog freundlich: „Nun komm nur und frühstücke!"

Und weil der Herzog freundlich sein wollte, legte er Kasperle selbst auf: Brötchen mit Schinken darauf, ein großes Stück Kuchen dazu, und er ermahnte: „Nun iß nur, du bekommst mehr!"

Ja, wie kann aber ein Kasperle essen, wenn es so plumpsatt ist, daß ihm die Hosenknöpfles abspringen!

Kasperle kaute und kaute, würgte, schluckte, — es ging nicht mehr.

„Iß doch, trink' doch!" mahnte der Herzog. „Du bekommst noch mehr."

Da seufzte Kasperle so tief, als säße er unten im Turmverlies. Und weil er sich gar nicht zu helfen wußte, das Schinkenbrot durchaus nicht mehr in seinen Magen hineinwollte, fing er an, bitterlich zu weinen. Dicke, dicke Tränen kullerten in seine Schokoladentasse hinein, und der Herzog fühlte tiefes Mitleid mit dem kleinen Kerl. Zum erstenmal brummte er ihn nicht an, sondern sagte freundlich: „Geh in den Park, Kasperle, springe herum, damit du mittags wieder hungrig bist."

Kasperle war heilfroh, daß er hinausdurfte. Er schoß die Treppe hinab wie eine Kugel, und kaum war er im Park, da rannte er, so schnell er konnte, an das Bächlein bei der uralten großen Ulme.

Und wirklich saß das traurige Marlenchen dort, es drehte die Kieselsteine im Wasser um und suchte den verlorenen Ring.

„Da bin ich!" Plitsch, platsch, schoß Kasperle in den Bach hinein und Marlenchen sank vor Schreck wieder totenblaß am Ufer hin.

Und Kasperle hatte doch gedacht, sie würde über seinen Purzelbaum lachen! Ach, hier war alles anders wie im Waldhaus! Kasperle legte sich neben das blasse Marlenchen ins Gras und fing wieder bitterlich zu weinen an.

„Warum weinst du denn?" fragte da auf einmal ein feines Stimmchen.

„Weil ich — alles verkehrt mache." Kasperle schluchzte erbärmlich, und da vergaß das traurige Marlenchen ihr eigenes bitteres Herzeleid. Es richtete sich auf, fuhr mit dem Zeigefingerlein sachte über Kasperles Gesicht und fragte: „Warum bist du denn hier?"

„Weil ich's versprochen habe." Und Kasperle fing an, dem kleinen Mädchen vom Waldhaus zu erzählen, von Michele und von Rosemarie.

„Du bist gut, weil du der schönen Rosemarie und deinem Michele geholfen hast," sagte Marlenchen da. Sie legte ihre kleine, weiße Hand in Kasperles derbe, braune Patsche, und so saßen die beiden unglücklichen Kameraden an dem Bächlein und Kasperle mußte immer mehr und mehr vom Waldhaus erzählen. Ein paarmal huschte es wohl wie ein Scheinchen über Marlenchens trauriges Gesicht, aber sie lachte noch nicht.

Kasperle merkte es zum erstenmal: einen wirklich traurigen Menschen bringt auch ein Kasperle nicht so leicht zum Lachen.

Ein wenig froher sah Marlenchen aber doch aus, als in der Ferne des Haushofmeister Pfeife ertönte und Kasperle Abschied nahm. Sie sagten beide zusammen: „Morgen," schüttelten sich die Hände, und wieder ging ein ganz feiner, heller Schein über das Gesicht des traurigen Marlenchens; so wie manchmal an ganz grauen Tagen die Sonne ein wenig hinter den Wolken schimmert, war es.

Dies machte Kasperle sehr froh. Er hopste und sprang dem Schlosse zu, lief mit Gepolter hinein, und der Haushofmeister hielt ihn noch zur rechten Zeit am Hosenzipfel fest. „Du," sagte der, „jetzt schling nicht so bei Tisch, es sind noch Gäste da. Wirst du nicht satt, bekommst du nachher noch etwas. Also fein still und brav sein!"

Das nahm sich Kasperle zu Herzen. Er aß wenig, saß auch ganz still und bescheiden am Tischende. Alles ging gut, nur — ein Kasperle ist eben ein Kasperle. Da saß am Tisch ein fremder Graf, der hatte eine seltsame Gewohnheit. Jedesmal wenn er einen Bissen verschluckte, kniff er die Augen zu und nickte mit dem Kopf. Ein Weilchen sah Kasperle das an. Aber weil er nun eben ein echtes Kasperle war, verzog er unwillkürlich sein Gesicht, nickte, kniff die Augen zu, und es sah so pudelnärrisch aus, daß ein Hofjunker, der ohnehin noch lieber lachte als ernst war, plötzlich leise vor sich hin kicherte.

Wenn aber jemand lachte, dann war es um Kasperle geschehen. Er kniff wieder die Augen zusammen, nickte wieder, und zwei junge Hofdamen kicherten vor sich hin. Ein Kammerherr lachte, der alte, dicke Oberstallmeister aber, der so etwas wie das Kasperle noch nicht gesehen hatte, lachte unversehens laut auf. Es dröhnte nur so, und da lachte es da und lachte dort, nur etliche Herren und Damen und der Herzog dazu saßen steif und ernsthaft da, über ein Kasperle lacht nur, wer sich im Herzen einen Rest des alten Kinderfrohsinns bewahrt hat. Menschen mit reinen, guten Herzen lachen leicht; die Hochmütigen, Stolzen, Harten haben in ihrem Leben das reine, frohe Lachen verlernt.

Der Herzog August Erasmus hätte wohl mitgelacht, ja es zuckte einmal um seinen Mund, aber er war so schrecklich eingebildet auf seinen Herzogstitel, da hielt er das Lachen nicht für würdevoll. Er sah streng zu Kasperle hin, und der erschrak über den bösen Blick und tauchte vor Schreck die Nase in seinen Kompotteller. Es spritzte hoch auf.

Der Herzog rümpfte die Nase. Nein, dieses Kasperle betrug sich zu schlimm! Er winkte Veit. „Bring' ihn hinaus!" sagte er streng.

Da mußte Kasperle aufstehen und er dachte: Nun werde ich wieder eingesperrt. Sein Gesicht wurde ganz traurig, und der Herzog sah dieses traurige Kasperlegesicht und es war, als rede jemand zu ihm: Kasperle kann doch nichts anderes sein als eben ein kleiner Schelm, der immer herumkaspert!

Weil der Herzog aber immer meinte, alles, was er tue, sei recht und gut, rief er Kasperle nicht zurück, und Veit sagte zu dem draußen: „Nun geh geschwinde in deinen Turm, ich dringe dir nachher noch allerlei Gutes."

Da stieg Kasperle in seinen Turm hinauf, kletterte wieder auf das Fensterbrett und schaute dahin, wo Schloß Lindeneck aus den Baumwipfeln hervorsah. Er dachte an das traurige Marlenchen, und auf einmal stieg ein ganz bitterer Groll gegen den Herzog in des Kasperles Herz empor. Der trug doch die Schuld an des Marlenchens Trauer; der Herzog und die Prinzessin Gundolfine, die beiden waren es.

Kasperle sprang vom Fensterbrett herab, zerrte zwei Stühle heran, nahm einen Stock, der in der Ecke lehnte, und bums, bums! schlug er auf die Stühle ein. „Warte du, warte du!" schrie er.

„Ja, warte du!" sagte jemand und hielt Kasperle fest „Aber Kasperle, was machst du denn?" Der alte Haushofmeister sah ganz verdutzt dem kleinen Burschen in das bitterböse Gesicht.

„Ich hau' den Herzog da, und die Prinzessin da." Kasperle riß sich los und schlug unverdrossen auf die Stühle ein. „Klapp, du, klapp, du!"

„Jemine!" Sein guter, alter Freund sah Kasperle entsetzt an. „Aber Kasperle," rief er, „du bist doch ein abscheulicher Strick! Wenn das unser Herr Herzog hörte, dann möchte es dir schlecht gehen. In das allerfinsterste Loch würdest du gesteckt."

Erschrocken ließ Kasperle den Stock sinken, und da er in das ehrlich betrübte Gesicht des Haushofmeisters sah, kam er flink, schmiegte sich an den an und bettelte: „Sei wieder gut!"

Ja, wieder gut, das war der alte Mann dem Unnützling schon; er seufzte aber doch recht sehr, als er wieder das Turmgemach verließ. Wie würde das werden! Irgendeine Dummheit stellte das Kasperle doch wieder an.

Er ahnte nicht, daß das Kasperle schon dabei war. Das dachte sich: Im Turm ist's langweilig allein, ich hole mir etwas zum Spielen. Und flugs entwischte er durch den geheimen Gang, geriet auf eine Hintertreppe und kam in den Park hinaus, ohne daß ihn jemand sah. Draußen raffte er sich Blumen zusammen, steckte sich Kieselsteine in sein Mützlein und fand zu seinem großen Vergnügen auch etliche dicke Fröschlein, die er in die weiten Taschen seines Kasperlegewandes tat. Dann lief er wieder zurück, irrte erst eine Weile im Schloß herum und mußte sich ein paarmal verstecken, ehe er seinen Turm wieder fand.

Dort tat er erst die Blumen in ein Glas, ordnete die Steine und war gerade dabei, die Frösche aus den Hosensäcklein herauszunehmen, als Veit erschien. „Flink, flink, Kasperle!" rief er. „Du sollst kommen. Der Herzog sitzt mit seinen Gästen noch beim Kaffee; du sollst ihnen etwas vorkaspern. Nachher gibt es auch Kuchen."

Da ließ Kasperle alle seine Schätze im Stich, lief mit und wurde vom Herzog viel gnädiger empfangen, als er gedacht hatte. „Mache einmal dein Räubergesicht!" sagte der, „und auch das Teufelsgesicht."

Und Kasperle schnitt flugs ein Gesicht nach dem andern, er drehte und wand sich, stellte sich auch einmal auf den Kopf, steckte diesen durch die Beine durch und grinste die Gäste so an, daß die laut lachten.

Der Herzog hielt eine Tasse Kaffee zierlich in der Hand, und er wollte gerade ein wenig von der Schlagsahne naschen, die obenauf schwamm, als ein dicker Frosch aus Kasperles Tasche herausplumpste,und plitsch, platsch, sprang der in die Höhe, mitten in des Herzogs Tasse hinein!

„Mein Himmel, was ist das?" rief eine alte Gräfin, die neben dem Herzog saß, als der seine Tasse fallen ließ. Doch da saß ihr der Frosch schon auf dem Schoß. Sie schrie gellend auf und ein paar junge Fräulein kreischten entsetzt: „Frösche, Frösche!"

„Wo denn?" Ein etwas kurzsichtiger Kammerherr bückte sich, und plitsch sprang ihm ein Fröschlein mitten ins Gesicht.

Gab das ein Geschrei! „Frösche, Frösche!" quietschten die Damen immerzu, sie hielten sich ihre Kleider fest zusammen und sprangen auf die Stühle. Die Hofherren wollten die Frösche fangen, doch die waren schneller als sie und hopsten hierhin und dahin. Der Herzog aber lehnte schreckensbleich in seinem Sessel; vor Fröschen graulte er sich. Er stöhnte: „Wo kommen sie her?"

Kasperle stand ganz verdattert da. Daß die Frösche aus seinen Hosensäcklein gefallen waren, hatte nur Veit gesehen und der schwieg ganz still. Die andern Diener aber riefen: „Sie sind sicher aus dem Garten hereingesprungen."

„Gewiß ist es ein Zeichen, daß es entweder schlechtes oder gutes Wetter gibt," flüsterte die alte Gräfin zitternd.

Der Herzog erhob sich bebend. „Ich muß mich in mein Bett legen," stammelte er, „ich bin zu sehr erschrocken."

Und alle umdrängten den Herzog und bedauerten ihn, Kasperle aber schlich sich fort; niemand beobachtete ihn. Nur Veit zog ihn ein wenig an den Ohren und sagte: „Schelm du!" Dann ließ er ihn los und Kasperle rannte in den Park, rannte dahin, wo das Bächlein floß, und er fand dort wirklich das traurige Marlenchen. Vergnügt erzählte er, was ihm alles passiert war, und wieder huschte es wie ein ganz matter, zarter Sonnenschein über das blasse Gesicht der Kleinen.

„Du lernst noch lachen," schrie Kasperle vergnügt und schlug vor Freude einen riesengroßen Purzelbaum.

Doch das gefiel Marlenchen weniger, sie bat sanft: „Erzähle vom Waldhaus, bitte, bitte!"

Wie gern erzählte Kasperle davon! Er kauerte sich am Bachrand nieder wie ein kleiner Türke und sagte: „Wo soll ich anfangen?"

„Beim großen, alten Schrank, in dem du so schrecklich lange geschlafen hast," bat das traurige Marlenchen.

Kasperle schwätzte vergnügt. Auf der hohen Ulme, unter der die Kinder saßen, wohnten Elstern; die ärgerten sich, denn so flink und lustig wie Kasperle konnten selbst sie das Schwatzen nicht. Sie erhoben ihre Stimmen und krächzten dazwischen. „Seid stille!" schrie Kasperle hinauf, und als die Elstern sich darum gar nicht kümmerten, sondern immer lauter ihre Stimmen erhoben, da kletterte Kasperle flugs ein Stück die Ulme hinan und schnitt sein Räubergesicht.

Die Elstern fielen kreischend vor Schreck in ihr Nest zurück, und auf einmal waren sie muckstill. Und wieder flog ein Scheinchen über der kleinen Marlene Gesicht. „Ich kann die Elstern nicht leiden," sagte sie, „sie haben so böse Stimmen. Gut, daß sie mal stille sein müssen!"

„Ja," rief Kasperle, „seid ganz stille, ich will —"

Ach, da tönte vom Schlosse her ein schrilles Pfeifen, und nun mußte auch das arme Kasperle still sein. Er nahm betrübt Abschied, sie sagten wieder: „Morgen", schüttelten sich die Hände, und dann rannte Kasperle ins Schloß. Er sollte mit dem Herzog spazierenfahren.

„Aber keine Gesichter schneiden!" Der Herzog drohte streng mit dem Finger, und weil Kasperle ohnehin ein schlechtes Gewissen wegen der Froschgeschichte hatte, saß er wirklich muckstill auf seinem Sitz.

Er war an diesem Abend überhaupt ungeheuer brav, denn der Herzog redete noch immerzu von den Fröschen und wie die wohl in sein Gartenzimmer gekommen seien. Da hatte Kasperle Angst, er könnte darum gefragt, werden, darum schwieg er und saß still mit gesenkten Augen am Tisch.

Er wird noch, dachte der Herzog, ich werde ihn erziehen.

Am nächsten Morgen rannte dann Kasperle wieder in den Park und traf dort das traurige Marlenchen. Er mußte wieder vom Waldhaus erzählen, mußte aber wieder vorher die Elstern zum Schweigen bringen. Und wieder saß Marlenchen da, still die Hände gefaltet, lauschte und das frohe Leuchten lag wieder auf ihrem blassen Gesicht.

An diesem Tage überhörten beide beinahe des Haushofmeisters Pfeifen. Das wurde schriller und schriller, und zuletzt hörte es Kasperle doch und er rannte mit solcher Eile in das Schloß, daß er im Eifer über den großen Lieblingshund des Herzogs einen Purzelbaum hinweg schlug. Dies gefiel Lord sehr. Er schnappte vergnügt nach Kasperles Höslein, der wehrte sich, packte Lord am Schwanz und beide kugelten und kegelten durch die große Halle. Es gab einen argen Lärm. Lord bellte, Kasperle schrie, der Herzog kam angerannt und rief: „Er frißt ihn, er frißt ihn!"

Er dachte, Lord wolle das Kasperle fressen, aber da stand das auf einmal putzmunter auf seinen Beinen und grinste den Herzog an.

O der Schelm! Der Herzog merkte, daß die Geschichte nicht so schlimm gewesen war, und er schalt über den Lärm und sagte, dafür müsse Kasperle heute zur Strafe daheim bleiben, er dürfe nicht mit spazierenfahren.

O weh, das dumme, dumme Kasperle! Es lachte vor Vergnügen hellauf, und der Herzog wurde bitterböse. Lachen, wenn er nicht mit ihm, dem Herzog, spazierenfahren durfte, das ging doch über die Hutschnur!

„Die Schlüssel!" rief er, und der Haushofmeister mußte ihm die Schlüssel bringen, die alle Türen des Schlosses aufschlossen. „Bringt Kasperle!" gebot der Herzog streng und der Haushofmeister dachte: O weh, nun geht's dem armen Kasperle bös, jetzt wird er gar in einen Keller gesperrt!

Und wirklich sperrte ihn der Herzog eigenhändig in ein kleines, finsteres Kellerloch. Kasperle konnte weinen und schreien, soviel er wollte, schwipp, schwapp, war er drin, rissel, rassel, drehte sich der Schlüssel im Schloß, er war gefangen.

An diesem Nachmittag wartete das traurige Marlenchen lange, lange auf ihren kleinen Freund, er kam nicht. Da erlosch der matte Freudenschein wieder auf dem blassen Gesicht und Marlenchen ging traurig heim. Traurig saß es im Schloßhof von Lindeneck am Brunnen, der ganz von Rosen umblüht war, und dachte an das Kasperle. Warum war es nur nicht gekommen?

Das arme Kasperle saß unterdessen im dunklen Keller und konnte wirklich nicht hinaus. Er versuchte es, sich durch das winzige Fenster zu zwängen, es ging nicht. Er wollte die Türe öffnen, sie gab nicht nach. Er heulte und schrie, niemand hörte ihn.

Da dachte das kleine Kasperle bitterböse an allerlei Schabernack, den er dem Herzog spielen wollte, und dabei rannte er immer im Keller auf und ab, auf und ab, und plötzlich stieß er wieder einmal an die Wand. Ganz hohl klang es. Hei! dachte er, hier ist eine geheime Türe, hier kann ich raus.

Eine Türe war freilich da, aber hinaus ins Freie kam Kasperle nicht; nur in einen Keller geriet er, in dem drei Fäßlein köstlichen Weines lagerten. Des Herzogs Lieblingswein war es. Nun wußte Kasperle, wenn man aus einem Faß den Zapfen herauszieht, dann läuft alles aus. Er zog einen Zapfen heraus, denzweiten, den dritten. Das rieselte und rauschte, das duftete köstlich; Kasperle hielt auch den Mund unter, schluckte und trank, aber da meinte er plötzlich draußen ein Geräusch zuhören, und flugs rannte er in seinen Keller zurück, zog die Türe zu, und bums fiel er, so kurz er war, auf den Boden nieder und schlief ein. Er schlief und schlief und träumte von dem traurigen Marlenchen; es war aber kein trauriges, sondern ein sehr vergnügtes Marlenchen. Das sang und tanzte und lachte immerzu; nein, war das lustig!

Und dabei saß Marlenchen unter dem Rosenbusch und weinte; es hatte Sehnsucht nach seinem neuen kleinen Freund.

Elftes Kapitel

Kasperles Krankheit

Der Herzog August Erasmus kam sehr brummig von seiner Spazierfahrt zurück. Er hatte Kasperle strafen wollen und hatte sich selbst gestraft, denn er hatte den lustigen kleinen Quirlewind sehr vermißt. Er befahl also, man solle schnell Kasperle holen, meinte, der könnte ihm die schlechte Laune vertreiben.

Der Haushofmeister ging selbst das Kasperle holen. Er blieb an der Türe stehen und rief freundlich: „Komm, mein Kasperle, komm!"

Aber er konnte lange rufen, kein Kasperle kam. Nur ein seltsames Stöhnen und Schnarchen war zu hören, und der Haushofmeister sah endlich den kleinen Burschen an der Erde liegen. Eingeschlafen ist der arme Kerl, dachte er mitleidig; er mag sich recht gefürchtet haben. Und er ging hin, rüttelte und schüttelte Kasperle, doch der schnarchte und stöhnte weiter. Nun hob ihn der Haushofmeister auf und trug ihn aus dem Keller. Draußen rief er nach Veit, und beide versuchten Kasperle zu wecken.

Vergeblich, der wurde nicht munter. Veit kam auf den Gedanken, ihm ein Wassergüßlein über den Kopf zu gießen. Er holte ein Glas Wasser und goß es Kasperle auf die Nase. Da strampelte und zappelte der eine Weile und — schlief weiter.

Inzwischen klingelte der Herzog ungeduldig. „Kasperle soll kommen!" rief er.

„Kasperle schläft," meldete der Diener.

„Er schläft? Ja, da weckt ihn doch auf! Wie kann er schlafen, wenn ich ihn sprechen will!" schrie der Herzog.

„Er wacht nicht auf," stotterte der Diener erschrocken.

„Er wacht nicht auf? Aber das ist ja unerhört! Man gieße ihm Wasser über den Kopf!" Der Herzog war ganz aufgeregt, und als er hörte, Veit habe Kasperle schon das zweite Wassergüßlein über den Kopf gegossen, bekam er Angst. Er verlangte den Leibarzt, und dann lief er selbst, sich das schlafende Kasperle anzusehen.

Der schlief und schlief, grunzte, stöhnte und schnarchte, und der Leibarzt schüttelte bedenklich den Kopf. „Er ist krank," sagte er, „ganz bestimmt ist er krank oder — er schläft nun wieder einmal viele, viele Jahre. Bei einem Kasperle kann man eben nicht wissen, wie eine Sache ausgeht."

Der Herzog wurde leichenblaß. „Lieber Leibarzt," flehte er, „machen Sie mir das Kasperle munter! Zwölf Jahre lang habe ich alles versucht, um Kasperle zu bekommen, und nun — ja, nun schläft er vielleicht länger, als ich noch lebe. Oh, oh, ist das eine dumme Geschichte!"

Der Leibarzt legte den Finger an die Nase, schüttelte wieder den Kopf und begehrte ganz genau zu wissen, was eigentlich Kasperle zuletzt getan hatte.

„Eingesperrt war er in einem dunklen Keller," brummte der Haushofmeister.

„Ach, da haben wir's! Eingesperrt in einem dunklen Keller — nein, das verträgt kein Kasperle," rief der Leibarzt. Er war froh, etwas sagen zu können, und weil er auch fand, der Herzog sei zu streng mit dem kleinen Schelm gewesen, schüttelte er immer wieder ernsthaft den Kopf. „Schlimm, schlimm, schlimm!" murmelte er, „sehr schlimm!" Er verordnete, Kasperle müsse im Bett liegen und kalte Umschläge bekommen, und immer solle jemand neben ihm sitzen, damit, wenn er aufwache, er gleich ordentlich geschüttelt werden könne.

„Alles soll geschehen, nur machen Sie mir mein Kasperle wieder gesund," rief der Herzog.

„Ja, das geht nicht so schnell!" Der Leibarzt runzelte die Stirne, wiegte wieder den Kopf hin und her und sagte wieder: „Schlimm, schlimm, sehr schlimm!"

Kasperle wurde nun in sein Bett getragen, und eine ganze Stunde saß der Herzog neben seinem Bett. Und Kasperle schnarchte, stöhnte, ein paarmal murmelte er auch etwas im Schlaf, und jedesmal dachte der Herzog: Jetzt wacht er auf. Und er neigte sich über ihn und fragte zärtlich: „Bist du munter, mein Kasperle?"

Und weil der nicht aufwachte, ließ er wieder den Leibarzt holen, und gerade da fing Kasperle an zu brummeln und zu murmeln, und als sich der Herzog über ihn beugte und sanft fragte: „Mein Kasperle, was fehlt dir denn?" griff Kasperle plötzlich nach des Herzogs Nase und schrie: „Hallo, hallo, Michele, der Kasperlemann! Hallo, hallo!"

Und dabei zerrte und zog Kasperle an des Herzogs Nase, als wäre dies eine Klingelschnur. Zipp zapp, zipp zapp! Dem Herzog verging Hören und Sehen. Er brüllte laut und suchte sich zu befreien, die andern halfen, und da schlug Kasperle auf einmal seine Augen auf, gähnte erschrecklich, klappte die Augen wieder zu und schnarchte rissel, rassel weiter.

„Oooh!" rief der Herzog und hielt sich seine Nase. Kasperle hatte schon einen festen Griff und die Nase war feuerrot geworden.

„Eine sehr böse Krankheit! Er hat Fieber." Der Leibarzt schüttelte wieder den Kopf und sah wieder höchst besorgt drein. „Ruhe, Ruhe!" sagte er.

Und dann gingen alle. Der Herzog hielt sich seine Nase und der Leibarzt sagte, er müsse kalte Umschläge machen. Der Herzog war böse und traurig zugleich. Das Nasenanfassen und daß Kasperle ihn Kasperlemann genannt hatte, war verdrießlich. Aber freilich, Kasperle war krank, und wer weiß, ob es jemals wieder aufwachte!

Kasperle schlief und schlief. Im Schloß fragte von Viertelstunde zu Viertelstunde einer den andern: „Ist er wieder ausgewacht?" Doch das Kasperle dachte nicht daran, das schnarchte weiter, rissel, rassel, sogar im Treppenhaus war es zu hören.

Alle glaubten, das Kasperle sei wirklich furchtbar krank, nur der alte Haushofmeister nicht. Der wußte besser im Schloß Bescheid als der Herzog selbst; er kannte alle verborgenen Türen und Winkel. Sein Vater, der auch schon Haushofmeister gewesen war, hatte sie ihm verraten. Und als sich alle um das Kasperle sorgten, ging er ganz leise unten in den Keller hinein. Er meinte nämlich, von Kasperle sei ein Düftlein ausgegangen, das an Wein mahnte. Das verborgene Pförtchen fand er schnell und gelangte in des Herzogs geheimen Weinkeller, zu dem dieser den Schlüssel wohl verwahrt hatte. Und richtig, da fand der Haushofmeister Kasperles Spuren: alle drei Fässer leer, die Zapfen am Boden. „Ei, du heilloser Schelm, du kleiner Nichtsnutz, du, ein Schwipslein hast du!" schalt der alte Mann, aber er lachte leise dazu. Dann steckte er in jedes Faß den Zapfen und ging wieder zu dem verborgenen Türchen hinaus. Das schloß er sorgfältig und brummelte dabei vor sich hin: „Na, die Prinzessin Gundolfine wird böse sein!" Die Weine aus dem Keller liebte die Prinzessin nämlich sehr; allemal wenn sie zu Besuch kam, stieg der Herzog selbst in den Keller und holte ein Krüglein herauf.

Was der Haushofmeister wußte, sagte er keinem Menschen. Nur als Veit klagte: „Kasperle wird noch sterben!" sagte er heiter: „I wo, der stirbt nicht! Paß auf, morgen ist er putzmunter."

Es dauerte aber wirklich lange, ehe Kasperle aufwachte. Vierundzwanzig Stunden schlief er wie ein Säcklein, und der Herzog stand gerade wieder traurig an seinem Bett und der Leibarzt sagte: „Sehr schlimm!", da schlug Kasperle auf einmal die Augen auf. Er sah den Herzog, den Doktor und etliche Hofherren an seinem Bett stehen, und alle staunten sie ihn an.

Wie sonderbar das war! Kasperle lag ein Weilchen, rührte und rappelte sich nicht und sah mit seinen schwarzen Glitzeräuglein nur immer in die verdutzten Gesichter. Er fand das ungemein spaßhaft, bis er plötzlich ein heftiges Grimmen in seinem Bäuchlein spürte. Das knurrte los und der Herzog drehte sich erschrocken rundum. „Man jage den Hund aus dem Zimmer!" rief er. „Wo ist der Hund, der so knurrt?"

Und alle drehten sich um, suchten und suchten, bis Kasperle jäh in ein lautes, heftiges Geschrei ausbrach. „Hunger, Hunger!" jammerte er, und da merkten es erst alle: Kasperles Magen knurrte.

„Er hat Hunger!" Der Herzog sank vor Erstaunen auf einen Stuhl, der Leibarzt schüttelte wieder den Kopf, er sagte aber doch: „Man bringe schnell etwas zu essen, ein Süppchen und ganz kleine Brötchen!"

Kasperle, der Schelm, merkte wohl, alle waren in Angst um ihn. Er verstand zwar nicht recht warum, denn er konnte sich erst gar nicht besinnen, was mit ihm geschehen war. Das

Angsthaben machte ihm aber den größten Spaß. Er verdrehte seine Äuglein, schnitt fürchterliche Gesichter und wiederholte kläglich: „Hunger, Hunger!“

„Schnell, schnell, bringt doch etwas!“ rief der Herzog.

Da rannte auch schon ein Diener herbei, der brachte Suppe und ein paar hauchfeine Schinkenschnittchen, mehr nicht. Kasperle machte plötzlich sein Räubergesicht, steckte schwipp, schwapp sämtliche Schnitten in den Mund; schluck, schluck! weg waren sie und der Strick schrie: „Mehr, mehr, ich sterbe!“

„Merkwürdig!“ Der Leibarzt sah das Kasperle verwundert an, der Herzog aber rief: „Mehr, bringt mehr!“ Und weil er selbst gern Schokolade lutschte, holte er eine feine silberne Dose aus der Tasche, reichte sie Kasperle und sagte: „Nimm eins!“

Ein Schokoladeplätzchen, jemine! Kasperle nahm die Dose, und weg waren alle Plätzchen, verschwunden in seinem großen Mund. Kasperle aber schrie jetzt richtig unnütz: „Mehr, mehr!“

Da rannte schon ein Diener in das Zimmer mit einer Platte, auf der die leckersten Dinge standen, und der Herzog sagte gerade: „Man muß ihm etwas aussuchen, er darf nicht zuviel essen,“ da schluckte das Kasperle schon.

Himmel, wie das ging! Dem Herzog, dem Leibarzt, den Hofherren, allen blieb der Mund vor Staunen offen. Wie ein richtiger kleiner Gierschlund war Kasperle. Belegte Schnittchen, Kuchen, Braten, ein Schüsselchen Gemüse, alles schluckte er hinab, und zuletzt nahm er sich den großen Pudding, der auch auf der Platte stand, und von dem er nur kosten sollte, und schnabulierte darauf los.

„Es wird zuviel,“ schrie der Herzog und wollte selbst den Pudding wegnehmen, aber Kasperle hielt seinen Pudding fest, er schmauste und schmauste und sah dabei so vergnügt drein, daß der Leibarzt plötzlich sagte: „Es scheint, er ist gesund.“

„Aber er überißt sich. Kasperle, mein liebes Kasperle, gib den Pudding her!“ bat der Herzog.

„Nä!“ Kasperle grinste, und als der Herzog wieder nach der Schüssel greifen wollte, schnitt er ein Hexengesicht.

„Oooh!“ Der Herzog wich erschrocken zurück.

Da sagte auf einmal der alte Haushofmeister: „Es ist genug, Kasperle.“ Und dabei sah er Kasperle freundlich und doch streng an, und der kleine Schelm spürte plötzlich, der gütige alte Mann meinte es am allerbesten mit ihm. Er gab ohne ein Widerwort die Schüssel zurück und streckte sich ganz still und brav in seinem Bett wieder aus.

Der Leibarzt, der etwas sagen wollte und nicht recht wußte, was er sagen sollte, denn in seinem Leben hatte er noch kein Kasperle behandelt, murmelte: „Er muß im Bett bleiben.“

Doch da redete der alte Haushofmeister freundlich dazwischen, es wäre wohl am besten, Kasperle stünde auf und liefe im Park herum. Dies wäre gewiß gesund.

„Vortrefflich, ganz vortrefflich!“ sagte der Leibarzt, und da stimmte auch der Herzog zu. Er ordnete freilich an, ein Diener müsse Kasperle zum Schutz begleiten, und der alte Haushofmeister sagte ferner, ja, das könne Veit tun. So war es dem Herzog recht. Kasperle durfte aufstehen und in den Park laufen und Veit sagte: „Geh nur an den Bach, das traurige Marlenchen wartet schon.“

Marlenchen saß wirklich am Bach, und es war heute wieder ganz traurig. Es hatte das blasse Gesichtchen über das Wasser geneigt und drehte darin Stein um Stein um. Plötzlich aber schrie es auf. Kasperles Bild erschien im Wasserspiegel, und nun sah das traurige Marlenchen gleich ein klein wenig nach Sonne aus. „Du bist da?" sagte sie erfreut zu dem kleinen, unnützen Freund. „Ach, ich dachte schon, du kämst nie wieder.“

Kasperle schoß vor Vergnügen über die Freiheit und das Zusammensein mit dem traurigen Marlenchen einen Purzelbaum und platschte dabei ins Wasser; es spritzte hoch auf, und erst als das Kasperle klitschnaß war, setzte es sich neben Marlenchen und begann zu erzählen, wie es ihm ergangen war. So nach und nach fiel ihm alles ein. Da erzählte er auch den Streich aus dem Keller und Marlenchen rief erschrocken: „Aber Kasperle!“

Kasperle senkte die Nase. Er schielte seine kleine Freundin seitwärts an, wie es die rechten Schelme tun, und er sah so unnütz und drollig aus, daß Marlenchen ein ganz klein wenig lachen mußte.

„Hach, du lachst!" Kasperle streckte die Beine in die Luft vor Vergnügen, und dann fing er an zu schwatzen, schneller als die Elstern in der hohen Ulme. Das Bächlein erschrak ordentlich, es rann und lief, gluckste und plätscherte, dachte: Nein, der unnütze Strick da darf nicht flinker reden, als ich renne. Die Elstern erhoben auch ihre Stimmen lauter, und es war im sonst so stillen Waldtälchen ein Geschwätz und Gelärme um das traurige Marlenchen herum, wie noch nie.

Aber auch die Stunden hatten Eile wie das Bächlein; viel zu früh, meinten Kasperle und Marlenchen, kam Veit, und die beiden ungleichen Kamerädles mußten Abschied nehmen.

Das war bitter. Marlenchen sagte betrübt: „Vielleicht wirst du nun wieder eingesperrt."

Kasperle seufzte. Ach, es war schon schwer, in des Herzogs Dienst zu stehen! Die Sehnsucht nach dem Waldhaus stieg wieder heiß in ihm empor. Traurig gab er Marlenchen die Hand und sagte, er werde wiederkommen. „Und wenn er mich nicht läßt, dann brenne ich durch," fügte er trotzig hinzu.

„Aber Kasperle!"

„Ja, ich tu's." Und Kasperle schnitt ein Teufelsgesicht, ein Räubergesicht, sah wie eine Hexe drein, und Marlenchen begann sich ordentlich zu fürchten. Sie wich erschrocken an das Bächlein zurück. Doch gleich machte Kasperle wieder ein so liebes, betrübtes Schelmengesicht, daß sie ihn flink streichelte: „Armes Kasperle!" sagte sie. „Aber ausreißen mußt du nicht, denn sonst — bin ich wieder ganz allein."

„Ich reiße nicht aus," versprach Kasperle gleich, und als er mit Veit dem Schlosse zuging, nahm er sich vor, ungeheuer brav zu sein, damit der Herzog ihn nicht wieder einsperren brauchte. Marlenchen sollte nicht wieder vergeblich auf ihn warten.

Er saß auch wirklich stumm und stocksteif am Abendtisch, und der Herzog verwunderte sich sehr über Kasperle. Er dachte aber: Er ist müde, gewiß ist er doch noch krank, und dann fragte er sehr freundlich: „Willst du schlafen gehen, Kasperle?"

Nun war der Kleine kein bißchen müde nach seinen vierundzwanzig Stunden Schlaf, er riß darum seinen Mund weit auf und schrie, so laut er konnte: „Nä!"

„Mein Himmel, ich bin doch nicht taub!" sagte der Herzog beleidigt. „Schäme dich, so zu schreien!"

Kasperle senkte den Kopf. Jemine, war es schwer bei Hofe, den rechten Ton zu treffen! Einmal war er zu laut, einmal zu leise; sagte er viel, war es nicht recht, sagte er gar nichts, auch nicht; Vor lauter Ärger schnitt er sein Teufelsgesicht und der Herzog rief wieder vorwurfsvoll: „Aber Kasperle!"

Es saß aber einer an diesem Tage am Tisch des Herzogs, das war ein lustiger und gütiger Mann; der Oberstallmeister war es. Dem hatte Kasperle schon viel Spaß gemacht, und er begann sehr herzhaft über das Teufelsgesicht zu lachen. Da merkte Kasperle gleich: Der versteht dich, und er schnitt flugs böse und lustige Gesichter durcheinander, wie es ihm einfiel. Zuletzt mußte selbst der Herzog lachen und er sagte, Kasperle dürfe an diesem Abend bei ihm bleiben. Da trieb Kasperle die allergrößten Narrenpossen, und zuletzt sollte er dem Herzog noch etwas erzählen, als der schon im Bett lag und nicht einschlafen konnte.

Kasperle hockte neben ihm auf einem Stuhle und machte das allerdümmste Gesicht von der Welt, als der Herzog sagte: „Erzähle mir etwas!" Dazu hatte er keine Lust. Den Herzog allein wollte er auch nicht unterhalten; er dachte an das Einsperren und das kranke Marlenchen. Da drehte er den Kopf schief und schaute den Herzog böse an.

„So ein Gesicht sollst du nicht machen!" rief der Herzog zornig. „Gleich erzähle mir: Wer hat alles im Waldhaus gewohnt?"

Im Waldhaus! Bei der Erinnerung daran vergaß Kasperle seinen Zorn auf den Herzog; sein unnützes Schelmengesicht bekam einen lieben, zärtlichen Ausdruck, und als der Herzog mahnte: „Erzähle mal vom Waldhaus! Lebt denn der Meister Friedolin noch?" Da fing Kasperle an. Wie das Bächlein so flink ging seine Rede. Er vergaß, daß es der Herzog war, der im Bett lag, er war auf einmal wieder im Waldhaus bei Meister Friedolin und Mutter Annettchen. Er schwatzte von der schönen Liebetraut und Herrn Severin, von seinem Michele, von dem am meisten. So etwas hatte der Herzog noch nie gehört. Daß man abends nur Milchsuppe und ein Stück Brot aß und Feste feierte, wenn das erste Schneeglöckchen, die ersten Primeln blühten, die Singvögel heimkehrten, kam ihm wie ein Märchen vor.

Kasperles Augen glänzten. Er redete und redete, er erzählte von den Rehen, die ganz zahm waren und manchmal in die große Waldhausstube hereinschauten, und wie sie stille standen, wenn jemand aus dem kleinen Haus kam, und sich streicheln ließen. Und von dem zahmen Eichkätzchen, von dem Hasen Wackelbart und der Ziege Ludowisia erzählte Kasperle.

Der Herzog lag ganz still und lauschte. Er meinte den Wald rauschen und die Vögel singen zu hören, und am liebsten wäre er aufgestanden und hätte gesagt: „Komm, Kasperle, wir gehen ins Waldhaus!"

Da zupfte plötzlich der Kammerdiener Kasperle am Jackenzipfel und sagte leise: „Komm hinaus, sieh doch, der Herzog ist eingeschlafen!"

Der war wirklich eingeschlafen, er lag und träumte vom Waldhaus, und er sah dabei gar nicht böse und streng wie sonst aus, sondern ganz milde. Kasperle schüttelte erstaunt den Kopf und brummelte: „Da liegt 'n anderer im Bett drin!"

„I bewahre!" flüsterte der Kammerdiener, „es ist schon unser Herzog. Freilich, so freundlich hat er lange nicht dreingesehen. Lieber Himmel, ja, wenn er doch immer so aussehen möchte, dann diente ich ihm auch lieber! So, und nun gehe in dein Bett, Kasperle, und schlafe, es ist Zeit!"

Zwölftes Kapitel

Es geistert im Schloß

So friedlich wie der Abend war der Morgen, der ihm folgte, nicht. Das gab gleich in aller Herrgottsfrühe ein lautes Rennen, Rufen und Klingeln im Schloß. Sogar in seinem Turm hörte es Kasperle. Der witschte ein paarmal durch den Schrank, lauschte hinaus, flitzte ängstlich wieder zurück, wenn er jemand kommen hörte, aber immer verhallten die Schritte in der Ferne. Endlich, endlich, Kasperle dachte schon, er hätte hundert Jahre nichts gegessen, kam Veit und brachte ihm das Frühstück.

Der gutmütige Bursche sah sehr verdrießlich drein, und als ihn Kasperle ängstlich ansah, brummte er: „Nun kommt sie doch schon wieder!"

„Wer denn?" fragte Kasperle und sah nach der Türe; er dachte, irgend jemand müßte da anspaziert kommen.

„Die Prinzessin Gundolfine," brummte Veit. „Na, du armes Kasperle, da nimm dich nur in acht!"

Kasperle sah nun wirklich drein, als sei ihm nicht allein seine Milchtasse, sondern sein Zubrot, sein Wämslein und sonst etwas in den Brunnen gefallen. Er vergaß sogar das Frühstück.

„Ja, ja," knurrte Veit, „da staunste! Zum Vergnügtsein ist's auch nicht, und ich glaube, der Herzog wünscht seine liebe Base auch ins Pfefferland, heute mittag kommt sie schon. Nun flink, nimm dein Frühstück und laufe in den Park! Wer weiß, ob du es morgen noch darfst."

Da schluckte Kasperle selbst für ein Kasperle ungeheuer geschwinde alles hinab, was Veit gebracht hatte, und dann flitzte er die Treppe hinab in den Park hinein. Niemand sah ihn, und als er am Bächlein anlangte, saß wirklich das traurige Marlenchen schon da.

„Die Prinzessin kommt," schrie Kasperle.

Marlenchen wurde totenbleich, und ehe sich Kasperle noch auf ein zweites Wort besonnen hatte, rannte sie schon weg. Sie flog mehr, als sie ging, und Kasperle blieb nichts weiter übrig, als hinter ihr her Purzelbäume zu schlagen, um sie einzuholen. Er schrie zwar immer: „Bleib doch, bleib doch!" aber Marlenchen hörte in ihrer Angst vor der Prinzessin gar nicht darauf.

Endlich erwischte Kasperle sie an einem Zipfel ihres weißen Kleides, und da sank das traurige Marlenchen wie eine kleine, blasse Blume ins Gras. Kasperle dachte wirklich, sie wäre gestorben, und er erhob ein lautes Zetergeschrei.

Zum Glück hörte es niemand, und das blasse Marlenchen öffnete nach einigen Minuten wieder ihre Augen. Sanft bat sie: „Mußt nicht so schreien, Kasperle!"

Gleich war der muckstill. Er sah Marlenchen mit seinen schwarzen Glitzeräuglein aber so traurig an, daß die Kleine ihm sanft über den Kopf strich. „Die Prinzessin, die böse Prinzessin!" Und sie seufzte tief.

„Aber sie kommt doch erst mittags!"

Marlenchen richtete sich verwundert auf. Sie hatte gemeint, die Prinzessin liefe hinter Kasperle drein, und sie sagte sanft: „Warum hast du denn dann so geschrieen?"

„Aber sie kommt doch!" rief Kasperle kläglich.

Ja, sie wollte kommen. Trübselig genug war es den beiden zumute. Sie gingen langsam über die weite Wiese nach dem Bächlein zurück und Marlenchen sagte traurig: „Wenn sie kommt, darf ich nicht mehr am Bach sitzen."

„Ich vergraule sie," schrie Kasperle und machte sein Teufels- und Hexengesicht zu gleicher Zeit.

Das sanfte Marlenchen erschrak. Ganz leise sagte sie: „Du mußt nicht schlimm sein, Kasperle."

„Ich vergraule sie doch!" schrie Kasperle zornig.

„Wie denn?"

Da schwieg der kleine Schelm. Er wußte noch nicht wie, aber er wußte, etwas fiel ihm schon ein, und trotzdem die sanfte Freundin ein paarmal mahnte, keine Dummheiten zu machen, blieb er doch dabei: „Ich vergraule sie."

Und dann saßen die beiden ungleichen Kameraden lange am Bächlein, erzählten sich dies und das, sprachen wieder vom Waldhaus, und viel zu früh ertönte des Haushofmeisters Pfeife.

„Jetzt ist sie vielleicht schon da," flüsterte Marlenchen scheu.

„Ich geh' nicht!" Kasperle blieb auf seinem Stein sitzen. Die Pfeife grillte und schrillte, er rührte sich nicht.

„Geh doch!" mahnte Marlenchen.

„Nä!" knurrte Kasperle wie ein kleiner Bär.

„Tirillili, tirillili!" tönte die Pfeife. Kasperle rührte sich nicht.

Da endlich kam Veit angelaufen. „Kasperle, Kasperle, wo bleibst du denn?"

„Ich komme nicht," schrie Kasperle patzig.

Aber da hatte er sich doch in Veit verrechnet. Der kam mit langen Schritten herbei, packte das Kasperle und trug es ohne weiteres dem Schlosse zu. Nicht einmal recht Abschied nehmen konnte er von dem traurigen Marlenchen.

Das verdiente in dem Augenblick seinen Namen wirklich. Tief traurig sah es dem lustigen kleinen Kameraden nach, bis sie ihn nicht mehr erblicken konnte. Und als sie heimging mit gesenktem Kopf, da sagten die Wiesenblumen zueinander: „Wie seltsam, Regentropfen fallen und der Himmel ist so blau." Die Regentropfen aber waren des traurigen Marlenchens bittere, bittere Tränen.

Inzwischen gelangte Kasperle noch rechtzeitig in das Schloß. Und just als sich der Herzog zum Mittagessen setzen wollte, rumpelte und rasselte es draußen, die Prinzessin kam angefahren. Ein paar Minuten lang lief und rief alles durcheinander. Der Herzog seufzte erschrecklich tief, denn ihm gefiel der Besuch gar nicht. DasKasperle stand ganz verdattert herum, da schüttelte ihn jemand und raunte ihm zu: „Marsch, lauf in deinen Turm! Sonst gibt es gleich Zank und Streit, wenn dich die Prinzessin erblickt."

Der Haushofmeister war es. Kasperle ließ sich das nicht zweimal sagen. Er rannte davon und kam dabei durch das Anrichtezimmer. Dort standen allerlei schön verzierte Speisen, Schüsseln mit Kuchen und dergleichen, und Kasperle dachte: Davon bekomme ich nun nichts. Plötzlich blieb er stehen, eine feine rosenrote Torte hatte es ihm angetan, und eins, zwei, drei, nahm er die Torte und trug sie in seinen Turm hinauf. Er war beinahe oben, da traf ihn jemand; der gute, dicke Oberstallmeister war es. „Potzwetter!"rief der, „wo willst du denn mit der Torte hin? Bist du Küchenjunge geworden?"

„Nä!" stammelte Kasperle und schielte den freundlichen Herrn scheu an. „Ich — ich will sie essen!"

„Die ganze Torte?"

Kasperle sah den Oberstallmeister an, sah die Torte an und dachte: Sie langt schon für beide. Er sagte das auch ganz treuherzig und der dicke Herr lachte herzhaft darüber. Weil er aber auch schon einen rechtschaffenen Hunger hatte und wußte, nun würden noch viele Minuten vergehen bis zum Mittagessen, rief er: „Kasperle, du bist ein Schlauerchen. Aber meinetwegen, wir essen die Torte zusammen."

Und dann setzten sie sich auf die Turmtreppe, der Oberstallmeister nahm seinen Säbel, schnitt die Torte mittendurch, und dann schmausten sie höchst einträchtig zusammen. Danach war Kasperle pumpelsatt, der Oberstallmeister halbsatt, und als sie sich trennten, hatte Kasperle einen neuen Freund im Schloß gewonnen.

Kasperle stieg sehr vergnügt in seinen Turm hinauf, kletterte auf das Fensterbrett und sah sich die Welt von oben an. Dabei sah er zwei Stockwerke tiefer zur Seite eine Anzahl Fenster offen stehen, die sonst geschlossen waren. Und wie er so hinsah, steckte aus dem einen jemand seinen Kopf heraus und das — war die Prinzessin Gundolfine. Kasperle purzelte vor Schreck in seinen Turm zurück. Eine ganze Weile lag er da und schnappte nach Luft, so arg war er erschrocken.

Aber Kasperle war eben ein zu dummen Streichen und Schabernack aufgelegtes Kasperle. Das dachte den ganzen langen Nachmittag an weiter nichts, als daran, der Prinzessin als ein Gespenstlein zu erscheinen. Niemand kümmerte sich um den Kleinen; zu Tisch wurde er nicht geholt, der Herzog wollte ihn am liebsten seiner Base nicht zeigen. Zu essen brachte ihm auch niemand etwas, weil der Oberstallmeister dem Haushofmeister von der verschwundenen Torte erzählt hatte. Da dachte der: Das reicht bis zum Abendessen.

Hunger hatte Kasperle auch nicht, aber Langeweile. Er flitzte immer wieder zu seinem Schranktürchen hinaus, und da alles ganz, ganz still blieb unten, wagte er sich endlich weiter und geriet bei seinem Herumsuchen auf den Schloßboden. Da gab es Türe an Türe, gab weite, offene Kammern. Kasperle steckte überall seine Nase hinein, und als er einmal aus einer Fensterluke blickte, sah er, daß er gerade über dem Zimmer der Prinzessin war.

„Hach!" Kasperle kreischte ganz laut, und dann sah er sich erschrocken um. Der weite, leere Raum gab das Echo zurück, und Kasperle fürchtete sich ein paar Augenblicke schrecklich. Dann merkte er aber, es war niemand da, nur ein Mäuslein huschte eilig an ihm vorbei. Der kleine Schelm sah sich um. In einer Ecke entdeckte er eine Anzahl Stäbe, aber als er einen zum Fenster hinaussteckte, merkte er wohl, die reichten nicht bis an die Zimmer der Prinzessin. Er flitzte in allen Winkeln und Ecken herum, und da fand Kasperle endlich eine lange, lange Waschleine. Gerade als er die gefunden hatte, meinte er von ferne Schritte zu hören. Er lief also eiligst in seinen Turm zurück und war kaum ein paar Minuten darin, als Veit kam.

Kasperle saß ganz brav und bieder auf dem Fensterbrett und schaute hinaus, und Veit hatte rechtes Mitleid mit dem kleinen Kerl. „Armes Kasperle," sagte er „gelt, das ist ein langweiliges Leben?"

Kasperle nickte eifrig, aber als Veit in seine Glitzeräuglein sah, sagte er plötzlich: „Kasperle, mach' keine Streichlein! Du schaust recht wie ein Bruder Unnütz und Vetter Dummheitenmacher drein."

Da glitt Kasperle vom Fenstersims herab und hängte sich schmeichelnd an Veits Arm, und der streichelte den Schelm, versprach ihm allerlei gute Dinge zum Abendessen und sagte, heute dürfe er noch nicht herabkommen, der Herzog habe Angst, die Prinzessin Gundolfine könnte ihm etwas antun. „Also sei brav!" mahnte Veit noch.

Kasperle gab keine Antwort, er dachte mehr ans Unnütz- als ans Bravsein und Veit dachte: Na, der stellt doch noch etwas an! Freilich, zum Turm kam er nicht hinaus. Von dem geheimen Türlein, das der gute alte Haushofmeister dem Schelm verraten hatte, ahnte Veit nichts.

Ein wenig später brachte er wirklich Abendbrot. Kasperle schmauste und legte sich in sein Bett. Veit deckte ihn noch zu, und dann verschloß er sorgfältig die Türe, brachte den Schlüssel dem Herzog, und der zeigte ihn seiner Base und sagte: „Nun siehst du, jetzt ist Kasperle im Turm eingeschlossen. Du brauchst dich also nicht zu fürchten."

„Ein Kasperle ist ein halbes Gespenst," brummte die Prinzessin, „wer weiß, was der noch anstellt! Ich wollte, er läge unten im Schloßbrunnen."

Nach dem feuchten, tiefen Schloßbrunnen hatte Kasperle gar keine Sehnsucht. Der lag in seinem Bett, strampelte vor Vergnügen und schielte immer wieder hinaus, ob es nicht bald dunkel werde. Als Dämmerung draußen über dem Lande lag, wuschelte er sein Bett zusammen, nahm das Kopfkissen unter den Arm, flitzte durch das verborgene Türlein und huschte durch die Bodenkammer. Dort nahm er die längste Stange, band das Kopfkissen daran und versuchte damit das offene Fenster der Prinzessin zu erreichen. Es langte gerade, weiter nicht. Da zog Kasperle das Kopfkissen wieder hinauf, setzte sich auf die Fensterbrüstung und dachte vergnügt: Nun kann es losgehen.

Das Warten wurde ihm freilich lang, denn die Prinzessin blieb bis spät in die Nacht beim Herzog. Da wurde Kasperle schließlich müde, er kroch in die Kammer zurück, kauerte am Boden nieder und schlief ein.

Als er erwachte, war es tiefstill ringsum, nirgends ein Laut zu hören. Kasperle schaute zum Fenster hinaus. Unzählige Sterne glänzten am Himmel. Es war eine helle, klare Nacht. Ein paar Fledermäuse huschten lautlos am Bodenfenster vorbei, sonst rührte und regte sich nichts. Da stopfte Kasperle flugs noch etliche Kieselsteine zwischen Kopfkissen und Bezug, und dann steckte er seine Stange zum Fenster hinaus.

Die Prinzessin schlief noch nicht. Sie lag wach und dachte allerlei; freundliche Gedanken hatte sie nicht, sie wollte den Grafen von Singerlingen recht kränken und sann nach, durch was. Auf einmal rauschte etwas Weißes an ihrem Fenster vorbei, klapp, schlug es an, — weg war es.

Die Prinzessin rief erschrocken und sehr laut nach ihrer Kammerfrau, und das unnütze Kasperle hörte das Rufen, denn das Fenster stand halb offen. Es zog flugs sein Kopfkissen hinauf und lauschte. Unten sah jemand hinaus und sagte: „Es ist nichts zu sehen."

„Schließe das Fenster!" schrie die Prinzessin. Das Fenster klirrte, es war wieder alles still.

Da fing plötzlich die Schloßuhr zu schlagen an, zwölfmal, die Geisterstunde begann.

„Es ist unheimlich," sagte die Prinzessin unten gerade. Da rauschte draußen etwas Weißes an ihrem Fenster vorbei, klappte heftig an, und sie schrie laut um Hilfe. Die Kammerfrau sah erschrocken hinaus, und da sah sie gerade über sich das Kopfkissen schweben.

„Ein Gespenst, ein Gespenst!" kreischte sie, und ein paar Augenblicke später hallte durch das Schloß Schreien und Hilferufen, und Kasperle nahm sein Kopfkissen, so schnell er konnte, und witschte in seinen Turm.

Er kam gerade noch hinein, da klirrten draußen Schritte, und er mußte den langen Stock mit ins Bett nehmen, weil er nicht schnell genug die Stricke davon losbekam. Da wuschelte er sich so in sein Bett, daß nur die Nase heraussah, und er tat, als schliefe er ganz fest. Er hörte draußen ein paar Diener sich über die Gespensterfurcht unterhalten, hörte sie auf den Boden gehen und wieder zurückkommen. Wieder war alles still.

Die Prinzessin Gundolfine zeterte und schrie zwar noch eine Weile in ihrem Bett, und die arme Kammerfrau, die vor Angst bebte, mußte noch dreimal zum Fenster hinaussehen; es war aber nichts zu erblicken.

Der Herzog lag in seinem Bett und schalt, Haushofmeister und Diener schalten, und zuletzt schliefen alle ein.

Nur Kasperle schlief nicht. Der kugelte sich lachend in seinem Bett herum und hörte draußen die Uhr schlagen: halb, dreiviertel; da kletterte er wieder zum Turme hinaus, schleppte aber noch seinen Wasserkrug mit und schlich sich wieder in die Bodenkammer.

Die Prinzessin war halb eingeschlafen, da ging es draußen klapp, klapp, etwas Weißes rauschte am Fenster entlang. Diesmal sprang die Prinzessin selbst auf und riß das Fenster auf. Es klirrte und krachte, dumpf dröhnte die Uhr, und schwapp! bekam die Prinzessin so ein Güßlein, daß sie pustend und stöhnend in das Zimmer zurücktaumelte.

Wieder tönten Hilferufe, Jammern, Kreischen; Türen klappten, Schritte hallten und Kasperle lag gerade in seinem Bett, als er draußen des Herzogs Stimme hörte. Der wollte selbst dem Gespenst zu Leibe gehen. „Kasperle kann es nicht sein, der ist ja eingeschlossen, aber nachsehen will ich doch," hörte der kleine Schelm ihn sagen.

Der bekam einen argen Schreck. Er zog sich das Bett so fest über die Ohren, daß nur seine Nase herausschaute, und tat, als ob er ganz fest schliefe.

Der Herzog kam in den Turm, sah Kasperle liegen, ließ ihm ins Gesicht leuchten und murmelte: „Nein, nein, der kann es nicht gewesen sein, aber — ich glaube, der denkt sogar im Schlaf an unnütze Dinge. Hm, hm, merkwürdig!" Der Herzog ging, der Haushofmeister drehte sich aber noch einmal um, und als Kasperle ein bißchen blinkerte, sah er, wie sein alter Freund ihm drohte.

Auf dem Boden, nirgends wurde etwas gefunden, nur einer bückte sich rasch und hob etwas auf, die andern sahen es nicht, es war der Haushofmeister.

Und wieder gingen alle in ihre Betten. Bei der Prinzessin mußten aber außer der Hofdame und der Kammerfrau noch drei Mädchen wachen, und alle graulten sie sich schrecklich. Alle schliefen sie aber ein, und plötzlich wachten alle von einem Zetergeschrei auf, das aber rasch verstummte.

„Jetzt hat das Gespenst geschrien." Die Prinzessin sah käseweiß aus und ihre Wächterinnen sahen ebenso käseweiß aus. Sie horchten alle zitternd, aber alles blieb still. Daß Kasperle oben in seinem Bett lag und bitterlich weinte, dies konnten sie nicht hören.

Kasperle hatte eben gespürt, daß der gute alte Haushofmeister auch einmal einen unnützen Schelm tüchtig verwichsen konnte. Er war gerade eingeschlafen, da hatte er unversehens klatsch, klatsch! gespürt, wie weh Schläge tun. Darob hatte er so mörderlich gebrüllt. Er verstummte aber gleich, als ihm der Haushofmeister ein Hosenknöpflein vor die Nase hielt und sagte: „Kasperle, soll ich das dem Herzog zeigen und sagen, das hat das Gespenst verloren?" O lieber Himmel, es ist schon schlimm, wenn einer immerzu Hosenknöpfle verliert! Arg schlimm!

Kasperle schluchzte in sein Bett hinein und der alte gute Haushofmeister fragte traurig: „Kasperle, warum bist du nur so unnütz?"

„Sie ist böse," knurrte Kasperle zornig wie ein kleiner wütender Hund.

„Ja, das ist sie. Denk' aber an den Keller, Kasperle, und an — die Fässer!"

„Ich will's nicht wieder tun," murmelte Kasperle bedrückt. Daß der gute Haushofmeister aber auch alles herausbekam! Es wurde ihm ordentlich etwas bange vor ihm, und scheu blinzelte er den alten Mann an.

Der mußte ein wenig lachen. „O Kasperle, du Strick!" sagte er, „du machst doch sicher noch eine Dummheit, solange die Prinzessin da ist! Jetzt sperre ich aber das Schranktürchen zu, sonst geisterst du noch einmal herum."

Der Haushofmeister wollte gehen, da griff Kasperle bittend nach seiner Hand, und der alte Mann strich ihm linde über den Kopf. „Armer kleiner Kerl," sagte er, „warum hat dich unser Herzog nicht in deinem Waldhaus gelassen!"

Kasperle seufzte tief, tief, danach drehte er sich um und schlief wie ein Rätzlein, schlief bis zum sonnigen Morgen. Und als er aufwachte, dachte er an keine Gespensterei, nichts, nur daran, wie er wohl heute das traurige Marlenchen sehen könnte.

Dreizehntes Kapitel

Das Nest auf der Ulme

An diesem Morgen kam die Prinzessin Gundolfine mit einem Gesicht zum Frühstück, als hätte sie drei Metzen Schlackerwetter aufessen müssen. „Es hat heute nacht gespukt," sagte sie böse.

„Das ist noch nie geschehen," antwortete der Herzog.

Da fiel der Prinzessin etwas ein und sie rief: „Dann war es Kasperle."

„Nein, der war es nicht. Der war eingeschlossen im Turm."

„Er soll kommen, ich will ihn fragen!"

„Meinetwegen," brummte der Herzog.

Da wurde Kasperle geholt, und dem kleinen Schelm wurde es wind und weh bei dem Gedanken, die Prinzessin zu sehen. Dazu sagte ihm noch der Haushofmeister: „Kasperle, Kasperle, das wird bös! Sie denkt, du seiest das Gespenst gewesen."

Jemine und Kasperle konnte doch nicht lügen! Dummheiten machen, ja, aber schwindeln, nein, das brachte er nicht fertig.

Da war er schon im Zimmer und der Herzog rief: „Hier kommt er."

Kasperle sah vor Verlegenheit nicht rechts und nicht links, trat zaghaft auf, und weil er ohnehin auf dem glatten Boden schlecht gehen konnte, glitschte er und stolperte. Er wollte sich an einem Kammerherrn, der neben ihm ging, festhalten, beide verloren das Gleichgewicht und rutschten in das Zimmer hinein, als wäre der Boden eine Eisbahn.

Der Kammerherr wollte sich auch an etwas anhalten, und unglücklicherweise erwischte er das Bein des Stuhles, auf dem die Prinzessin saß. Da rutschte der, die Prinzessin wackelte hin und her, hielt sich am Herzog fest, und pardauz, bums! lagen alle miteinander auf dem Boden.

Der Herzog wurde fuchsteufelswild und die Prinzessin Gundolfine schrie immerzu: „Daran ist Kasperle schuld."

Der aber dachte: Es ist am besten, mitzuschreien, und er schrie so gewaltig, daß die andern allmählich erstaunt verstummten. So ein Geschrei war nicht Mode am Herzogshof.

„Stille!" rief der Herzog, aber das Kasperle schrie und schrie. Der kleine Schelm dachte: Wenn ich recht schreie, fragen sie mich nichts. Und er hatte recht gedacht. Der Herzog vergaß vor Ärger das Gespensterspiel der Nacht, er rief böse: „Bringt Kasperle in den Turm zurück, er soll dort eingesperrt bleiben!"

Das ließ sich der gute Haushofmeister nicht zweimal sagen; er winkte Veit, der zerrte Kasperle hinaus, und als unten alle noch aufgeregt durcheinander redeten, saß der schon wieder vergnügt in seinem Turm. Er schaute, als Veit gegangen war, über das Land hinweg, hinüber nach Lindeneck. Ach, wie gern wäre er doch zu dem traurigen Marlenchen gelaufen!

Da fiel es ihm ein, er war ja ganz und gar eingesperrt, selbst das Schranktürchen war zu. Oder vielleicht doch nicht. Er schlüpfte in den Schrank, und richtig, das Türchen drehte sich; er stand wieder im Treppenhaus. Ganz vergnügt flitzte er eine Weile hin und her, weil aber unten noch immer viel Gelärm war, wagte er es nicht, die Treppe hinabzugehen. So blieb er oben, kauerte sich auf den Boden nieder und lauschte hinab.

Die Stimme der Prinzessin Gundolfine klang schrill bis zu ihm herauf. Die Türen des Zimmers, in dem diese mit dem Herzog saß, standen offen; die Prinzessin behauptete, sonst halte sie es nicht aus, so heiß sei es. Sie war noch immer sehr aufgeregt und schalt unverdrossen auf das Kasperle, verlangte strenge Bestrafung, und Kasperle, der das hörte, dachte wieder einmal: Ausreißen wäre am besten!

Er hatte aber doch für sein Michele sein Wort gegeben, und das mußte er halten.

Endlich wurde es still unten. Der Herzog und die Prinzessin gingen im Park spazieren und der Haushofmeister kam und sagte: „Heute mußt du oben bleiben, Kasperle, sonst wirst du erwischt."

Kasperle versprach Bravsein, aber das Bravsein wurde ihm bald langweilig. Er flitzte zum Türlein hinaus und hinein, und der Vormittag wollte gar kein Ende nehmen. Endlich kam Veit und brachte ihm Mittagessen, und dabei sagte er: „Heute geht es unten hoch her. Der Herzog steigt eben in den Weinkeller hinab und holt von dem ganz guten Wein herauf. Weißt du, der Keller liegt neben dem, in den sie dich neulich gesperrt hatten. Dahinein geht der Herzog immer selbst, nur die Prinzessin ist mitgegangen. — Meine Güte, was ist da schon wieder?"

Unten tönte Rufen, und Veit lief die Treppe hinab und das Kasperle stand, als wäre er mitten in ein Hagelwetter hineingeraten.

Wenn der Herzog die leeren Fässer entdeckte!

Daß der nichts von dem Türchen wußte, ahnte Kasperle ja nicht. Er zitterte vor Angst, und da Veit in der Eile die Türe offen gelassen hatte, ging er durch diese Türe, ließ sie weit offen stehen, schlich sich einen Gang entlang, kam an eine schmale Seitentreppe, und gerade als er die erreicht hatte, hörte er die Prinzessin kreischen.

Jemine, jetzt hatten sie die leeren Fässer gefunden! Da war Kasperle schon unten, war draußen im Park und wutschte an den Sträuchern entlang bis zum Wäldchen hin.

Das Bächlein gluckste und rann, aber Marlenchen saß nicht an seinem Rande. Kasperle blieb stehen. Wohin sollte er nur? Ehe er durch des Herzogs Land lief, fingen ihn dessen Landjäger schon; sie erkannten ihn sicher an seinem grasgrünen Kasperlekleid, das alle kannten. Und dann dachte er an sein Wort, das er gegeben hatte. Er seufzte tief. Am Bächlein kauerte er sich nieder, und sein kleines unnützes Kasperleherz war ihm zentnerschwer. Wäre doch Marlenchen dagewesen! Ach, die traurige kleine Freundin konnte ihn gewiß auch nicht schützen!

Auf einmal fiel ihm der Graf von Singerlingen ein. Vielleicht half ihm der in seiner Not, weil er ihn von der Prinzessin befreit hatte. Vielleicht gab der dem Herzog ein gutes Wort und bat ihn frei. Er dachte: Wenn ich immer an Wiesen entlang wutsche oder durch den Wald gehe, dann sieht mich vielleicht niemand. Aber wie fand er den Weg? Da fiel es ihm ein, er würde auf die alte, hohe Ulme klettern; von dort aus konnte er gewiß das Schloß des Grafen von Singerlingen liegen sehen und auch den Weg, der dahin führte. Und auf der Ulme, im dichten Gezweig, sah ihn auch niemand vom Schloß aus. Da schützte ihn sein grasgrünes Röckchen.

Die Ulme war hoch, aber Kasperle fürchtete sich vor der Höhe nicht. Rutsch, rutsch, da war er schon ein Stück oben. Rutsch, rutsch, höher und höher kam er. Er sah schon das Elsternnest an der Spitze und sah die Vögel neugierig ihre Köpfe herausrecken. Die schimpften böse, und Kasperle schnitt wieder Frätzlein um Frätzlein. Das empörte die Elstern, die fingen laut zu schelten an, sie beugten sich weit aus den Nestern und machten böse Augen. Drei Nester waren es und in jedem Nest saß eine ganze Elsternfamilie. Kasperle hätte sich schon fürchten können, er merkte aber, die schwatzhaften Vögel hatten Angst vor seinen Teufels- und Räubergesichtern. Da kletterte er vergnügt höher und höher, verdrehte die Augen, zog den Mund krumm und schief, wackelte mit Nase und Ohren, und die Elstern kreischten immer lauter vor Angst.

Die Alten riefen den Jungen zu: „Wir wollen fliehen,fliegt auf, fliegt auf!" aber die Jungen konnten vor Angst ihre Flügel nicht heben. Sie flatterten erschrocken in den Nestern herum, und endlich sagte die älteste, würdigste Elstermadame, die schon viele Jahre in dem Neste wohnte: „Jetzt hacke ich ihm die Augen aus."

Da schnitt Kasperle ein Hexengesicht und plumps sank die mutige Elster zurück. Sie jammerte laut vor Angst und in dem Augenblick dachte Kasperle: Wenn sie doch ruhig wäre!, denn von unten tönte lautes Rufen: „Kasperle, Kasperle! — Er ist ausgerissen, der Bösewicht," gellte eine Stimme und Kasperle hörte ganz genau, es war die Prinzessin, die rief.

Gewiß hatten sie die leeren Fässer entdeckt.

Das hatten der Herzog und seine Base nun wirklich getan. Sie waren, gefolgt von etlichen Dienern, in den Keller gekommen, in dem die köstlichen Weine lagerten, und der Herzog hatte befohlen: „Von dem Faß in der Mitte."

Da hielt der Diener den silbernen Krug unter und — kein Tropfen kam heraus.

Die Prinzessin schnupperte unterdessen in dem Keller herum und sie sagte: „Wie sehr es hier nach Wein riecht, nein, sonderbar!"

„Das Faß ist leer," meldete der Diener.

„Leer?" rief der Herzog verdutzt. „Ja, wie kommt denn das?" Er trat selbst an das Faß heran, pochte, schüttelte, — es war leer.

„Du hast es ausgetrunken," sagte seine Base spitz.

„Unsinn!" Der Herzog war wirklich ärgerlich. „Nimm aus dem linken Faß!" rief er dem Diener zu. Der zog den Zapfen aus und hielt das Krüglein unter, aber kein Tropfen kam. Das war doch toll! Und beim dritten Faß ging es ebenso.

„Es muß jemand im Keller gewesen sein," rief der Herzog. „Schnell, schnell, man bringe Licht, um alles zu untersuchen!"

„Du hast gewiß alles allein ausgetrunken," sagte die Prinzessin Gundolfine wieder spitz, und der Herzog ärgerte sich so, daß er ganz grün wurde. Er schrie immer lauter: „Licht her, Licht her!" und die Diener kamen mit Lampen und Kerzen gerannt. Sogar die Kammerherren trugen Kerzen und alle leuchteten in dem kleinen Keller herum. Plötzlich rief der jüngste Hofjunker, der Augen wie ein Falke hatte: „Hier ist eine Türe."

„Unsinn, der Keller hat nur eine Türe!" erwiderte der Herzog, aber da schob das Junkerlein das Pförtchen zurück, und alle sahen erstaunt in einen zweiten Keller hinein. Auf einmal riefen etliche: „In dem Keller hat Kasperle gesteckt."

„Ja, und dann war er krank und hat immerzu geschlafen." Der dicke Oberstallmeister brach plötzlich in ein dröhnendes Lachen aus. „Am Ende hat das Kasperle ein Schwipslein gehabt."

„Oooh!" Der Herzog sah drein, als wäre vor ihm ein Kirchturm umgepurzelt. Die Prinzessin aber kreischte: „Dieser schreckliche Kasper, den muß man aufhängen, in den Brunnen werfen, schlagen, der muß furchtbar bestraft werden!"

„Man hole ihn!" Der Herzog stöhnte. Wirklich, das Kasperle war doch ein arger Strick, den mußte er wirklich streng bestrafen!

Unter den Dienern war auch Veit, der lief mit, um das Kasperle zu holen. In seinem Herzen dachte er mitleidig: Vielleicht kann er noch entwischen.

Und dann fanden sie die Turmtüre offen und kein Kasperle war zu sehen. Der Schelm war ausgerissen.

Als das der Herzog erfuhr, vergaß er Mittagessen und alles; er war bitterböse, rief, man solle überall suchen und die Landjäger ausschicken, um das Kasperle zu fangen.

„Und dann wird es aufgehängt," rief die Prinzessin Gundolfine.

„Nein, denn von einem toten Kasperle habe ich nichts," erwiderte der Herzog.

„Ach, aufhängen ist am besten!"

„Nein, es ist mein Kasperle!"

„Und mich hat es geärgert. Das Gespenst heute nacht war sicher auch Kasperle," rief die Prinzessin. „Er muß doch aufgehängt werden!"

„Nein!" schrie der Herzog zornig, und so stritten sich beide eine ganze Weile herum, was mit dem Kasperle geschehen sollte. Sie hatten es aber noch gar nicht.

Unterdessen suchten die Diener überall herum. Veit sagte: „Ich suche im Wäldchen." Er dachte: Wenn ich da das Kasperle sehe, kann es noch ausreißen. Aber etliche Kammerherren sagten auch, sie suchten im Wäldchen, und der gute Veit mußte sich das gefallen lassen.

Kasperle sah sie alle kommen von seinem hohen Sitz aus. Jemine, klopfte da sein unnützes kleines Kasperleherz! Und die dummen Elstern kreischten und flatterten. Kasperle wollte sie zur Ruhe bringen, aber je bösere Gesichter er schnitt, desto schlimmer krächzten sie. Er machte endlich sein dummes, gutmütiges Kasperlegesicht, aber da flatterten die Elstern gleich wütend auf ihn los und wollten ihm die Augen aushacken. Das war Kasperle zu toll, er schlug mit seiner Faust nach ihnen und machte ein Teufelsräubergesicht.

„Wir müssen fliehen, fliehen," krächzte die älteste Elsternmadame, „Kinder, strengt euch an!" Und die Kinder strengten sich an. Sie hoben die Flügel und flatterten, und auf einmal flog die ganze Elsternschar mit so lautem Schreien davon, daß die Menschen unten aufmerksam wurden. Sie sahen hinauf, und der jüngste Hofjunker mit seinen scharfen Augen erblickte das Kasperle trotz seines grasgrünen Röckleins hoch oben auf der alten Ulme.

„Da sitzt er, da sitzt er!" rief er, und nun schauten alle hinauf und alle riefen: „Da sitzt er, da sitzt er!"

Kasperle fuhr der Schreck arg in die Glieder. Er wäre beinahe von dem Baume heruntergesaust, und in seiner Angst griff er nach dem verlassenen Elsternest, um sich daran festzuhalten. Dabei ergriff er etwas hartes und hatte auf einmal einen großen goldenen Ring mit einem schönen Rubin in der Mitte in seiner Hand. Das war nun wirklich sonderbar. In einem Elsternest lag ein goldener Ring! Kasperle war ausnehmend neugierig, und vor Neugier vergaß er sogar seine Angst. Er kletterte noch ein Stückchen höher und schaute in das Nest hinein. Nein, so etwas, da lag noch ein kleiner silberner Löffel und ein goldener Ohrring! Aber der Ring, den er in der Hand hielt, war das schönste Stück.

Himmel, vielleicht war das gar des Herzogs Ring, den der Herr von Lindeneck gestohlen haben sollte! Kasperle hielt das kostbare Ding in der Hand, besah es von allen Seiten und dachte: Vielleicht wenn ich den dem Herzog bringe, verzeiht er mir. Aber just da kam unten die Prinzessin Gundolfine angelaufen und kreischte: „Man hole eine Kanone und erschieße ihn!"

Kasperle schnitt sein Teufelsgesicht hinab. Aber was half das, die unten liefen nicht davon, wie die Elstern davongeflogen waren. Die blieben stehen, schimpften hinauf, redeten von einer Kanone und der Wasserspritze; sehr freundlich klang das nicht.

Kasperle überlegte. Ausreißen konnte er nicht, auch hatte der Herzog ja nicht gesagt: „Geh zum Teufel!", also war er noch nicht frei. Aber wenn er mit dem Ring ankam, würde der Herzog vielleicht wieder gut werden. Wenn nur die Prinzessin nicht unten gestanden hätte, an der er vorbei mußte!

Plötzlich kam dem Kasperle ein Gedanke. Blitzschnell nahm er das Nest, in dem außer den Kostbarkeiten auch noch allerlei Unrat lag, und warf es hinab, der Prinzessin gerade auf den Kopf.

Unten erhob sich ein lautes Geschrei, aber alle sahen ein paar Augenblicke nicht zu Kasperle hinauf, sondern auf die Prinzessin, und da rutschte der kleine Schelm den Baum hinab und schoß auf einmal einen Purzelbaum über alle hinweg, rollte sich und kollerte bis zum Schlosse hin, ehe die unter dem Baume noch wußten, was geschehen war. Im Schloß flitzte er aber an ein paar Dienern vorbei, husch, husch in das Zimmer des Herzogs hinein, in dem der seine Mittagsruhe zu halten pflegte. Und richtig, da saß der Herzog auch verdrießlich in seinem großen Stuhl und ärgerte sich. Ja, über was ärgerte er sich alles! über Kasperle, den ausgelaufenen Wein, seine Base, das verspätete Mittagessen, am meisten aber doch über Kasperle.

Er muß streng, ganz streng bestraft werden, dachte er, und da purzelbaumte gerade das Kasperle in das Zimmer hinein, stand plötzlich vor ihm und hielt ihm seinen Ring unter die Nase. Dazu machte der kleine Kerl das betrübteste unnützeste Kasperlegesicht.

„Aber Kasperle!" rief der Herzog, „wo hast du den Ring her?"

Kasperle legte den Kopf schief, schielte den Herzog bittend an und erzählte von seiner Kletterei und den scheltenden Elstern.

„Mein Himmel," sagte der Herzog, „eine Elster hat den Ring gestohlen und der arme Herr von Lindeneck ist darum in Verdacht gekommen! Kasperle, um des Ringes willen soll dir alles, alles verziehen sein."

Da kugelte und kollerte sich Kasperle im Zimmer herum, und plötzlich bettelte er: „Herr Herzog, laß mich nach Lindeneck laufen!"

„Dann reißt du aus." Der Herzog schüttelte ernst den Kopf, aber Kasperle hing tief betrübt die Nase. „Du hast doch noch nicht gesagt: ‚Geh zum Teufel!'", murmelte er und seufzte schwer dazu.

„Ei, das ist gut! Vorher reißt du also wirklich nicht aus?" rief der Herzog lachend. „Nun, dann brauche ich ja keine Sorge zu haben; das sage ich nie. Also laufe nur nach Lindeneck und bestelle, der Herr von Lindeneck möchte gleich kommen. — Aber," er rieb sich nachdenklich die Nase, „weißt du denn, wo Lindeneck liegt?"

Kasperle nickte eifrig und ganz zutraulich erzählte er dem Herzog von seiner Freundschaft mit dem traurigen Marlenchen.

Der Herzog wurde sehr, sehr nachdenklich. Er schämte sich, daß er dem Herrn von Lindeneck so unrecht getan hatte, und er dachte bei sich: Eigentlich ist das Kasperle besser als ich. — Solche Gedanken hatte der Herzog selten, wenn sie ihm aber kamen, dann blickten seine Augen milde und gütig und das Kasperle dachte: Jetzt gefällt er mir.

„Nun laufe nur schnell!" sagte der Herzog. „Halt, der Haushofmeister mag dich ein Stück geleiten, denn wenn dich die Base Gundolfine erwischt, geht es dir übel. Sie denkt sogar, du hättest heute nacht gegeistert, und du lagst doch in deinem — Kasperle!" Der Herzog machte plötzlich wieder böse Augen, denn Kasperle ließ gar zu schuldbewußt seine Nase hängen. „Du warst es doch, Kasperle!"

Der Schelm nickte, und schon wollte der Herzog schelten, da fiel sein Blick auf den Ring und er sagte: „Na ja, klettern kannst du freilich! Aber nun laufe nur, auch das soll dir verziehen sein!"

Kasperle huschte hinaus, froh, daß der Herzog nicht weiter gefragt hatte. Er fand den Haushofmeister, erzählte ihm flink alles, und der ließ ihn zu einem schmalen Pförtchen hinaus.

Als die Prinzessin zornig und scheltend in das Schloß zurückkehrte, rannte Kasperle schon über eine große Wiese Schloß Lindeneck zu. War die Prinzessin Gundolfine aber böse! Sie machte wirklich Kulleraugen, als sie erfuhr, Kasperle sei beim Herzog gewesen und alles, alles sei verziehen.

„Ich verzeih' ihm nicht," schrie sie, „nie und nimmer! Er soll seine Strafe schon bekommen!"

Doch als der Herzog ihr sagte, der vermißte Ring sei im Elsternest gewesen und dem Herrn von Lindeneck sei bitteres Unrecht geschehen, da redete sie gleich von Abreisen. Sie fühlte ihre Schuld, aber sie wollte sie nicht, wie der Herzog es tat, eingestehen.

Der Herzog, der die Gewohnheit hatte, manchmal laut mit sich selbst zu sprechen, sagte, als die Prinzessin von ihrer Abreise sprach: „Ach, das wär' fein!"

„Hach," kreischte die Prinzessin, „ich falle in Ohnmacht! Das sagt man *mir*!" Und weinend lief sie auf ihr Zimmer und sie schluchzte so laut, daß es bald im ganzen Schloß zu hören war.

Wenn sie doch abreiste! dachten alle, und sie sagten es laut und leise zueinander. Aber die Prinzessin Gundolfine dachte gar nicht an die Abreise; die wollte bleiben, wollte sich an Kasperle rächen. Denn daß der kleine Schelm den Ring gefunden hatte, das rechnete sie ihm nur als neuen Schabernack an. Auf ihrem Zimmer hielt sie Rat mit einer Kammerfrau und einer Hofdame, die beide genau so boshaft wie sie selbst waren. Und weil sie dabei doch nicht weinen konnte, mußte eine andere Kammerfrau an der Türe stehen und schreien und jammern, denn der Herzog sollte das allergrößte Mitleid mit seiner Base bekommen.

Doch was zuviel ist, ist zuviel. Der Herzog mochte das Geschrei nicht mehr hören, er sagte: „Bringt mir Watte!" Und dann steckte er sich Watte in die Ohren, sagte, man solle ihn nur wecken, wenn Kasperle käme, legte sich hin und hielt seinen Mittagschlaf.

Vierzehntes Kapitel

Das traurige Marlenchen lernt lachen

Kasperle rannte unterdessen, so schnell er konnte, nach Schloß Lindeneck. Er hopste, kugelte, kollerte, purzelbaumte und gelangte schneller hin als einer, der bedächtig auf seinen zwei Beinen geht.

Am Tor von Schloß Lindeneck aber stand einer Wache, der sehr grimmig dreinsah, ein Mann, groß wie ein Baum, dick wie ein Ofen; das war des Schloßherrn allertreuster Diener, Eicke Pimperling. Der schrie drohend, als er das Kasperle kommen sah: „Hier darf niemand rein! Wer bist du überhaupt? Aussehen tust du wie ein Laubfrosch, und hopsen kannst du auch so."

„Ich bin, wer ich bin, und ich will rein," rief Kasperle patzig.

„Nichts da, marsch kehrt, hier darf niemand rein!"

Oho, dachte Kasperle, dem Grobian schlage ich schon noch einen Purzelbaum über den Kopf weg! Und bei dem Gedanken lachte er hell auf.

„Hallo, gelacht wird hier nicht!" Eicke Pimperling nahm einen großen Stock, es sah bedrohlich aus, aber Kasperle dachte: Es mag kommen, wie es will, ich muß hinein. Und dann eins, zwei, drei, ging es über Eickes Kopf hinweg, daß der vor Schreck mit dem Kopf hin und her wackelte.

Kasperle aber saß selbst unversehens mitten im Schloßhof vor dem traurigen Marlenchen. Das schrie erschrocken auf, und ein stattlicher, finster aussehender Herr, der an einem blühenden Rosenbusch saß, blickte erstaunt auf. Er zog die Augen finster zusammen, als er den kleinen Eindringling gewahrte, aber da rief schon Marlenchen: „Vater, das ist mein Freund Kasperle!"

„Verzeihung, gnädiger Herr, daß dieser Laubfrosch hier eingedrungen ist," dröhnte Eickes Stimme durch den Schloßhof, und der gewaltige Mann kam mit flinken Schritten näher gerade auf Kasperle zu.

„Tu ihm nichts, Eicke!" rief Marlenchen mit klingendem Stimmlein. „Das ist kein Laubfrosch, mein Freund Kasperle ist's."

„Dein Freund Kasperle?" Herr von Lindeneck sah sein blasses Kind erstaunt an, und Marlenchen legte die Hände auf ihr klopfendes Herzelein, sah scheu zu ihrem Vater auf und erzählte leise, leise, wo sie das Kasperle immer getroffen hatte.

Und plötzlich schnatterte Kasperle vergnügt dazwischen: „Der Ring ist da, der Ring ist da! Im Elsternest hat er gelegen."

Der Herr von Lindeneck wurde totenbleich. Er packte Kasperle so fest an, daß es dem ganz schwindlig wurde, und rief: „Wo ist der Ring, wer hat ihn gefunden?"

„Ich," stotterte Kasperle, und dann erzählte er von seiner Flucht auf die Ulme und den bitterbösen Elstern und von dem Ring. „Und du sollst zum Herzog kommen," schloß er.

Das war doch wunderbar! So etwas hatte Kasperle noch nicht erlebt. Der Herr von Lindeneck weinte und das traurige Marlenchen weinte auch. Der kleine Schelm sah sich ganz hilflos um, und er sah Eicke Pimperling kerzengerade neben sich stehen und in die Luft starren. Da fragte er scheu: „Sind se nu traurig?"

„Quatsch, du Laubfrosch, glücklich sind se!"

Ja, weint man denn da?

Der Herr von Lindeneck hob plötzlich seine Arme und dehnte und reckte sich, als fiele eine schwere Eisenkette von ihm ab, das Marlenchen aber fiel dem Kasperle um den Hals, als wäre es gar kein unnützes, häßliches Kasperle, sondern auch so ein feines, zartes Dinglein wie Marlenchen selbst. „O Kasperle, du liebes, gutes Kasperle!" rief Marlenchen und streichelte Kasperle, bis der vor Vergnügen den Mund von einem Ohr zum andern zog. „Du gutes, gutes Kasperle, du bist der beste Bube auf der ganzen Welt!" fügte sie hinzu.

Na, so viele freundliche und liebe Worte hatte Kasperle lange nicht gehört. Und da nahm ihn auch noch der Herr von Lindeneck in seine Arme und streichelte ihn und sagte, er werde ihm immer dankbar sein. Es war wirklich fein.

Kasperle konnte nicht anders, er mußte ein paar Hopser machen. Dann zupfte er eifrig Marlenchen, zupfte den Herrn von Lindeneck und bettelte: „Kommt, kommt, der Herzog wartet!"

„Er mag warten." Der Schloßherr sah auf einmal aus, als sei er selbst der Herzog, und so gefiel es dem Kasperle noch besser. „Geh, Kasperle, sag ihm, wer ein Unrecht gutmachen wolle, der müsse auch den Weg finden zu dem, dem er Unrecht getan hat. Wirst du das bestellen?"

„Nä!" rief Kasperle erschrocken. Das ging nicht so flink in seinen Kasperlekopf hinein, so etwas dem Herzog zu sagen.

Da rief Marlenchen mit klingendem Stimmlein: „Ich gehe mit dir, mein Herzenskasperle, ich fürchte mich gar nicht."

„So geh!" Der Herr von Lindeneck strich seinem blassen Mädel über die dunklen Locken, und Kasperle legte vergnügt seine Hand in die des zarten Kindes. „Herzenskasperle" hatte ihn nurmanchmal die schöne Frau Liebetraut genannt, er war arg stolz darauf, daß Marlenchen ihn nun auch so nannte.

Eicke Pimperling war es nur halb recht, daß Marlenchen allein mit dem Kasperle gehen sollte. „Mit so'nem Laubfrosch!" brummelte er eifersüchtig.

„Bin kein Laubfrosch." Kasperle zog seine Hand aus der Marlenchens, und heidi schoß er einen Purzelbaum über Eicke hinweg, kollerte gleich den halben Schloßberg hinab und blieb da lachend liegen, bis Marlenchen ihn eingeholt hatte.

Und dann gingen sie beide den Berg ganz hinab und über eine blühende Wiese nach dem Schlosse des Herzogs. Unterwegs erzählte Kasperle von seinen Erlebnissen und seinen Streichen, vom Geistern und von den ausgelaufenen Weinfässern.

„Oooh, Kasperle!" Marlenchen blieb stehen und sah ihren Gefährten ganz erstaunt an.

Der senkte verlegen seine Nase. Doch da geschah etwas, über das er sich arg verwunderte. Ein Glöckchen fing an zu läuten, klinghell und fein, und als er aufsah, — lachte das traurige Marlenchen. Es lachte und lachte, wie eine kleine Silberglocke tönt. Und es war gar nicht mehr das traurige Marlenchen, sondern ein sehr lustiges, schelmisches Marlenchen. Fast nicht aufhören konnte es mit Lachen und Kasperle fing auch an; sie lachten beide um die Wette und mußten sich zuletzt in das Gras setzen, denn Marlenchen, die so lange nicht gelacht hatte, behauptete, nun würde sie gleich zerspringen vor Lachen. „Irgend etwas ist bestimmt zersprungen," sagte sie vergnügt.

Aber das Marlenchen zersprang doch nicht ganz und gar, sondern sie besannen sich beide darauf, daß der Herzog wartete. Sie rannten also, so schnell sie konnten, dem Schlosse zu. Kasperle fand wieder das Nebenpförtchen und traf dort Veit, der auf ihn wartete. Der sagte: „Der Haushofmeister hat gemeint, du werdest allein kommen; aber wer ist denn das? Jemine, das ist ja das traurige Marlenchen! Und das sieht aus, als wäre es eben im Himmel gewesen."

Marlenchens Augen glänzten, ihre Bäckchen glühten. So trat sie mit Kasperle vor den Herzog und sagte dort ganz frank und frei ihres Vaters Botschaft. Sie sah dabei den Herzog unverwandt an, und der wurde nicht böse, wie Kasperle befürchtet hatte, der strich sogar sacht über Marlenchens dunkle Locken und sagte: „Ruhe dich aus, mein Kind, bis der Wagen bereit ist! Ich will gleich zu deinem Vater fahren."

„Und ich fahr' mit," rief Kasperle, und er blinkerte den Herzog mit seinen kleinen, lustigen Schelmenaugen so vergnügt an, daß der lachen mußte. So herzhaft hatte er lange nicht mehr gelacht. Und das Lachen tat ihm so gut wie ein ganzes Krüglein seines guten Weines. Freilich, zu zerspringen wie das Marlenchen drohte er nicht; bei der Kleinen war der schwere Kummer zersprungen, bei dem Herzog hätten die Launenhaftigkeit und der Hochmut zerspringen müssen. Doch die lösten sich nur ein wenig und bekamen einen kleinen Riß.

Durch das Schloß tönte noch immer das laute Heulen aus dem Zimmer der Prinzessin, als der Herzog in den Wagen stieg. Es heulte schon die zweite Kammerfrau, die erste war nämlich heiser geworden. Aber der Herzog achtete gar nicht darauf, und als der Wagen davonfuhr, schnitt Kasperle sehr vergnügt ein böses Teufelsgesicht zu den Fenstern der Prinzessin hinauf.

Die stand am Fenster und sah es. Sie kreischte vor Schreck und Wut und drohte dem Kasperle bitterböse hinab. Aber der kleine Schelm sah es gar nicht, sonst hätte er vielleicht nicht so vergnügt in des Herzogs Wagen gesessen. Der fuhr die Landstraße entlang, und diesmal schnitt Kasperle in seiner Fröhlichkeit die allerfreundlichsten Gesichter und die Leute grüßten, knicksten, lachten und winkten mit Blumen und Taschentüchern. Da sah auch der Herzog vergnügt drein. Er lachte mit und die Leute sagten:

„Nein, wie gut unser Herzog doch heute dreinschaut! Ach, wenn er doch nur immer ein so freundliches Gesicht machte!"

Es dauerte nicht lange, da war Schloß Lindeneck erreicht. Der Wagen rollte den Berg hinan, Eicke Pimperling stand an dem Tor. Diesmal schrie er aber nicht: „Hier darf niemand herein!", er half höflich dem Herzog aussteigen, und als Kasperle flink aus dem Wagen purzelte, da hielt er ihn am Kittel fest und sagte: „Bleib hier, die zwei müssen allein reden!"

Der Herr von Lindeneck saß inmitten des Schloßhofes am blühenden Rosenbusch, als der Herzog kam. Er stand auf und ging ihm entgegen, und dann standen sie beide lange an dem Rosenbusch und redeten miteinander; aber das Kasperle mochte noch so sehr seine Ohren spitzen, es hörte nichts.

Eicke Pimperling stand breit und fest da und hielt Kasperle immerzu am Jackenzipfel fest, denn er hatte doch Angst, der könnte wieder einen Purzelbaum über ihn hinweg schießen.

Endlich rief Marlenchens Vater sein Kind und Kasperle, und der Herzog sagte zu beiden, er wolle noch eine Stunde dableiben und Erdbeeren essen, und Kasperle dürfe auch bleiben und sogar kaspern.

Das wurde eine lustige Stunde, die ein langes, langes Schwänzlein bekam. So lang wurde das Schwänzlein, daß schon der Himmel im Abendrot erglühte, als der Herzog heimfuhr.

Als Kasperle hinter dem Herzog das Schloß betrat, kam gerade die Prinzessin Gundolfine die Treppe herab. Sie tat, als wäre sie todkrank, hielt den Kopf geneigt, und als sie den Herzog und Kasperle erblickte, schrie sie auf und wollte gleich wieder ohnmächtig werden. „Der da," flüsterte sie und zeigte auf Kasperle, „der hat mir eben die Zunge herausgestreckt."

Das war nun nicht wahr, denn Kasperle hatte beim Anblick der Prinzessin gleich ganz tief den Kopf gesenkt; Marlenchen hatte ihn ermahnt: „Sei brav und ärgere sie nicht, Kasperle!" Und Kasperle wollte doch so himmelgern von Marlenchen als brav angesehen werden. Er sagte darum auch gleich: „Ich hab' nichts getan, ich hab' keine Zunge rausgestreckt."

„Doch, du hast es getan." Die Prinzessin log ganz unverzagt, aber Kasperle wollte sich das nicht gefallen lassen; er rief trotzig: „Und ich hab' doch nicht die Zunge rausgestreckt! Ich hab' sie gar nicht angesehen, sie — sie ist mir viel zu wüst!"

O Kasperle, das war schlimm!

Der Herzog runzelte ärgerlich die Stirn, und die Prinzessin fing schon wieder zu weinen an. Da sagte der alte Haushofmeister: „Mit Verlaub, Kasperle hat wirklich nicht die Zunge herausgestreckt, ich hab' es gesehen."

„Aber wüst hat er mich genannt," schrie die Prinzessin.

Das stimmte nun freilich, das hatten alle gehört. Und darum sagte der Herzog auch: „Kasperle, du bleibst auf deinem Zimmer und —" er drohte ihm mit dem Finger.

Kasperle wußte wohl, das sollte heißen: „Geistere nicht herum!" Er hatte auch gar keine Lust dazu. Heute war er arg müde und froh, als er in seinem Bett lag. Er dachte an Marlenchen, und wie schön es auf dem Schloßhof von Lindeneck war, wo die Rosen um das rauschende Brünnlein herumblühten. Und da überkam das einsame Kasperle wieder eine tiefe, tiefe Sehnsucht nach dem Waldhaus und einer fernen, schönen Insel, einer Insel, die ihm die rechte Heimat war. Er weinte bitterlich und schluchzte in seine Kissen hinein.

Jemand hörte das, es war der alte Haushofmeister. Der liebte das kleine, närrische, unnütze Kasperle wirklich, und als er es draußen weinen hörte, kam er durch das Schranktürlein in das Turmzimmer, streichelte Kasperle freundlich und saß dann noch so lange an dem Bett des kleinen Schelmen, bis der fest und ruhig eingeschlafen war. Und als er ging, sagte er leise vor sich hin: „Ich wollte wirklich, unser Herzog sagte: ‚Scher' dich zum Teufel!' aber das sagt er nicht, dazu ist er zu fein."

Fünfzehntes Kapitel

„Geh zum Teufel!"

Kasperle dachte nun, er wäre herzlich befreundet mit dem Herzog. Am nächsten Morgen hatte er daher allen Abendkummer vergessen und er schrie vergnügt, als Veit seine Türe öffnete: „Jetzt will ich dem Herzog guten Morgen sagen."

„Sachte, sachte!" Veit hielt ihn am Kittelchen fest und sagte warnend: „Tu's nicht! Die Prinzessin sitzt beim Herzog und redet schlimm von dir; der Herzog ist schon ganz grillig geworden. Lauf lieber zum Marlenchen!"

Da lief Kasperle an das Bächlein, fand dort Marlenchen und vertraute der an, daß die böse Prinzessin noch immer nicht abgereist sei.

Marlenchen sah ernsthaft drein. „Sie ist wirklich böse, und mein Vater besucht den Herzog auch nicht, solange die Prinzessin da ist. Aber sei nicht traurig! Der Herzog hat doch gesagt, sie reise bald ab."

Und dann vergaßen die Kinder die schlimme Prinzessin. Sie spielten zusammen und Marlenchen lachte wieder hell und froh.

Als Kasperle in das Schloß zurücklief, dachte er leichtsinnig: Vielleicht ist sie schon abgereist. Aber die Prinzessin Gundolfine hatte den ganzen Morgen kein Wörtlein vom Abreisen gesagt. Sie saß wieder in einem kornblumenblauen Seidenkleid am Tisch beim Mittagsmahl, und dem Kasperle blieb wirklich ein paarmal der Bissen im Halse stecken, so böse sah sie ihn an.

Dazu sah der Herzog auch wieder so verdrießlich drein wie eine Waschfrau, der der Fluß die Wäsche mitgenommen hat. Von Freundschaft war nicht viel zu merken. Und als Kasperle sich nur so viel Pudding nahm, wie gerade noch auf seinen Teller hinaufging, rief die Prinzessin: „Pfui!" und der Herzog sagte auch: „Pfui!" Und dann winkte er Veit, und der mußte Kasperle hinausbringen. Aber Veit tat, als verstünde er den Herzog nicht richtig, er nahm den Teller voll Pudding mit, das war ein Trost.

Nachher saß Kasperle in seiner Turmstube und schaute trübselig über das Land. Der Haushofmeister hatte ihm nämlich gesagt: „Ausreißen darfst du nicht, sonst merkt der Herzog noch das geheime Türchen, und du bist dann ganz gefangen."

Da blieb Kasperle im Turmzimmer, und weil er vor lauter Langeweile nicht wußte, was er anfangen sollte, stellte er sich vor den Spiegel und schnitt Gesichter. Er dachte: Ich will Prinzessin spielen, und er verzog und verzerrte sein Gesicht immer mehr, und schließlich brachte er es fertig auszusehen wie die Prinzessin, wenn sie freundlich tat, wenn sie weinte, schalt, auch wenn sie Karten spielte. Und als er gerade alle Gesichter konnte, kam Veit und holte ihn. Der Herzog war mit der Prinzessin spazierengefahren, und der gute dicke Oberstallmeister ließ Kasperle zum Schokoladetrinken einladen. Das war fein!

Kasperle raste die Treppe hinab und schrie unten laut: „Eingeladen, eingeladen!" Dabei rannte er beinahe eine alte Frau um, die in der großen Flur stand und mit einem Diener redete. Die Alte sah ihm ganz verdattert nach. „Das — das — ist doch Kasperle!"

„Ei freilich, Frau Mummeline!" antwortete der Diener. „Kennt Ihr ihn denn?"

Die Base Mummeline aus dem Schulhaus in Waldrast brummte nur: „Hm!" Bei sich dachte sie: Was, das Kasperle ist hier am Herzogshof! Ei, wie ist denn das zugegangen! Sie war dem Kasperle seit vielen Jahren bitterböse. Einst hatte der im Schulhaus in Waldrast Zuflucht gefunden, und sie hatte sich schwer über den unnützen Schelm geärgert. Und nun lief der hier durch das Schloß, als müßte es so sein. Sie sah, wie ihm ein Diener die Türe aufmachte, wie alle bei seinem Anblick lachten, und da rief sie laut: „Eia, so ein böser Schelm hat es gar zu hohen Ehren gebracht!"

Kasperle drehte sich flugs um. Jetzt erst sah er die Base Mummeline, er erkannte sie wohl, und flugs schnitt er ihr ein böses Prinzessinnengesicht. Da erschrak die Base arg. „Meine Güte," brummelte sie, „der kann ja aussehen wie unsere Prinzessin Gundolfine, fast noch greulicher!"

Frau Mummeline brachte der Prinzessin alljährlich gute Heilkräuter, die diese gegen allerlei Krankheiten, verdorbenen Magen und schlechte Laune gebrauchte. Für den Magen waren die Kräuter gut, die schlechte Laune dagegen wurde meist noch schlechter. Da nun die Prinzessin ausgefahren war, wollte ein Diener Frau Mummeline ihre Kräuter und Tränklein abnehmen, doch die sagte, nein, sie müsse der Prinzessin alles selbst geben. Also mußte sie warten.

Inzwischen saß das Kasperle sehr vergnügt zwischen etlichen Hofherren und spielte Prinzessin Gundolfine. Und weil die alle die böse Prinzessin nicht leiden konnten, lachten sie sehr über das Kasperle, und das Lachen tönte in den Park hinaus, denn der Oberstallmeister hatte seine Fenster offen stehen.

Weil aber der Herzog durch den Park heimkehrte, — er war am ersten Parktor schon ausgestiegen — hörten er und die Prinzessin das Gelächter. Die Prinzessin sagte spöttisch: „Dort ist man recht lustig, ich möchte wetten, es ist Kasperle."

„Unsinn," rief der Herzog „der ist eingesperrt!"

„Nun, wir können ja mal nachsehen, ob es noch im Turm ist, das Kasperle," sagte die Prinzessin. Sie trat in die Flur, und dort saß die Base Mummeline. Die hatte das letzte Wort gehört und sie knickste sehr tief und sagte: „Mit Verlaub, allergnädigste Prinzessin, das Kasperle ist vor 'ner Stunde hier durchgelaufen und — und —"

„Na, was denn?" fragte der Herzog unwirsch. „Rede Sie doch, was ist ‚und'!"

„Es hat — jemine — es ist schrecklich — aber es hat wirklich ausgesehen wie die Prinzessin."

„Was," schrie die Prinzessin, „er erlaubt es sich wieder, mein Gesicht nachzumachen!" Und geschwind rannte sie die Treppe hinauf, der Herzog lief ihr nach, und beide traten unerwartet in das Zimmer, in dem Kasperle kasperte.

Der machte gerade ein Gesicht, wie es die Prinzessin schnitt, wenn von dem Grafen von Singerlingen geredet wurde.

„Na, warte du!" Da war die Prinzessin plötzlich mitten im Zimmer und klatsch, klatsch schlug sie auf das Kasperle ein, und der Oberstallmeister mußte ihr den armen Schelm entreißen, sonst wäre es dem gar übel ergangen.

Es war eine schlimme Geschichte! Der Herzog war bitterböse, die Prinzessin war noch bitterböser und der Oberstallmeister sagte, er wolle auch auf sein Gut zurückkehren, so viel schlechte Laune könne er nicht vertragen.

Zwei Hofherren sagten das auch, der Herzog wurde zornig, und zuletzt mußte er sich wirklich wieder in das Bett legen und Kamillentee trinken. Und an allem war Kasperle schuld, sagte die Prinzessin. Der Herzog ging darum vorher selbst, schloß Kasperlein den Turm und sagte, morgen werde er streng bestraft, sehr, sehr streng.

Da saß nun das Kasperle wieder allein, traurig und voll Angst. Es dachte: Ach, wer hilft mir nur in meiner Not! Wenn sich der Herzog immerzu über mich ärgert, warum läßt er mich nicht frei und sagt, ich möchte zum Teufel gehen!

Und wie Kasperle so traurig saß und vor Heimweh nach dem Waldhaus ihm das Herzlein weh tat, hörte er ferne einen Wanderburschen singen. Der kam näher, unter dem Turm blieb er stehen und Kasperle verstand nun, was er sang. Es war ein altes Lied:

„Nur net verzagt!
Bald der Morgen tagt.
Zum guten End'
Sich alles wend't.
Mußt net greinen,
Mußt net weinen!
Auf Gott vertrau',
Zum Himmel schau!
Himmelslichter blinken

Und die Englein winken.
Halt nur aus!
Schon nach Haus
Finden ich und du
Einst in guter Ruh,
Einst in guter Ruh."

Der Wanderbursch zog weiter, das Lied verhallte, aber dem Kasperle war es ein rechter Trost gewesen. Er sann nach. Wo hatte er das Lied nur schon gehört? Da fiel ihm die Magd beim dicken Bauer Strohkopf ein. Die hatte an dem Abend, da er mit seinem Michele zur Hochzeit reiste, das Lied halb gesungen. Und dann hatte sie — oh! Kasperle zupfte sich an seiner eigenen Nase — einen wunderbaren Rat hatte sie ihm gegeben. Vielleicht half das Mittel doch.

Kasperle blieb am Fenster hocken, bis es dunkel wurde, bis Stern um Stern auftauchte und schließlich alle die lieben Himmelslichter zu sehen waren. Und dann hörte er die Uhr schlagen, lauschte und lauschte, und als es Mitternacht war, erhob er sich leise. Vollmond war freilich noch nicht, aber wenn einer am nächsten Tag streng, sehr streng bestraft werden soll, dann kann er halt auf den Mond nicht warten.

Kasperle schlüpfte durch den Schrank, kam auf die Treppe, und dann schlich er sich leise, leise bis an des Herzogs Schlafzimmer. Da mußte er durch ein Vorzimmer gehen, in dem ein Diener schlief. Eigentlich sollte der wachen, er schlief aber und das Kasperle huschte an ihm vorbei. Die Türe zu des Herzogs Zimmer war nur angelehnt. Sie knarrte nicht und Kasperle kam ungehört hinein. Eine kleine Nachtlampe brannte, und in ihrem Schein sah Kasperle den Herzog in seinem Bett liegen. Der schlief pumpelfest, rückte und rührte sich nicht.

Ein bißchen bange war es Kasperle schon, aber endlich trat er doch an das Bett, schlug die Decke zurück, packte fest die große Zehe des rechten Fußes und sprach leise: „Sag': ‚Geh zum Teufel!', sag: ‚Geh zum Teufel!'"

Der Herzog zuckte zusammen. Was kniffte ihn denn da so? Er schlief aber weiter und Kasperle kniffte derber und derber und sagte wieder und wieder sein Sprüchlein. „Au!" Der Herzog fuhr in die Höhe. Was war denn an seiner Zehe? Da sah er das Kasperle stehen und hörte das immerzu sagen: „Geh zum Teufel, geh zum Teufel!"

„Au!" schrie er noch einmal, denn Kasperle kniffte tüchtig, und unwillkürlich wiederholte der Herzog wütend: „Ja, geh zum Teufel, du Strick, du!"

„Hurra!" schrie Kasperle, ließ die große Zehe des Herzogs los und raste hinaus. Er flitzte an dem Diener vorbei, der von dem Geschrei erwacht war, raste hinab durch die große Halle, öffnete flugs eins der Fenster, die nach dem Garten führten, schlug einen Purzelbaum — und draußen war er, über Wege und Beete rannte Kasperle, es war ihm gleich, wohin er trat; er platschte durch das Wässerlein, kletterte auf einen Baum, schwang sich über die Mauer und war draußen, ehe sie im Schloß noch recht wußten, was geschehen war.

Der Herzog war ganz munter geworden, und es war ihm eingefallen, er hatte doch gesagt: „Geh zum Teufel!" Also war das Kasperle frei. Da schrie er, so laut er konnte: „Haltet ihn, haltet ihn!"

Der Diener, der jemand aus dem Zimmer hatte huschen sehen, rief um Hilfe. Er dachte, dem Herzog habe gar jemand etwas zuleide getan. Auf sein Rufen kamen andere Diener, Kammerherren, der Haushofmeister, alle herbei; alle fragten, was geschehen sei, der Herzog konnte aber vor Ärger eine ganze Weile kaum schnaufen. Als er endlich erzählte, was geschehen sei, da hopste Kasperle gerade über die Parkmauer.

„Man muß ihn verfolgen, ihn fangen, einsperren!"

„Mit Verlaub, das wäre aber unrecht," sagte der Haushofmeister, der ein ehrlicher Mann war. „Der Herr Herzog hat gesagt: ‚Geh zum Teufel!' und da ist Kasperle fort."

Aber davon wollte der Herzog nichts wissen. Er wurde fuchsteufelswild. Der Hauptmann der Landjäger mußte kommen, und der Herzog befahl allen, sie müßten nach Kasperle suchen.

Das ganze Schloß geriet in Aufregung, und als die Prinzessin Gundolfine hörte, was geschehen war, vergaß sie, sich vor Ärger ihre Haare aufzusetzen.

Fackeln wurden angezündet, die Hunde losgelassen, Landjäger und Diener marschierten auf, und alle schickten sich an, nach Kasperle zu suchen. Zuletzt fiel es dem Herzog noch ein, Kasperle könnte beim Herrn von Lindeneck sein, und er befahl, man solle dort zuerst fragen.

Da marschierten mitten in der Nacht mit Bumbum und Trara Landjäger vor Schloß Lindeneck auf, und Marlenchen, die gerade einen lieblichen Traum gehabt hatte, lief erschrocken an das Fenster. Was war denn geschehen?

„Kasperle ist verschwunden," hörte sie rufen. Da erschrak sie tief in ihrem Herzen. Hatte der kleine Freund wirklich sein Wort gebrochen? Sie schlüpfte rasch in ihre Kleider und lief barfuß die Treppe hinab. Unten stand ihr Vater, der redete mit dem Hauptmann und sagte, daß Kasperle nicht im Schloß sei. Und der Hauptmann erzählte, was eigentlich geschehen war. Auf einmal fragte er: „Haben Sie eine Glocke auf dem Hofe, Herr von Lindeneck?"

Der schüttelte den Kopf, aber er horchte verwundert auf. Es war wirklich, als bimmele irgendwo ein Glöckchen, fein und zart. Von dorther klang es, wo der blühende Rosenbusch stand. Und das klang und tönte noch, als die Landjäger schon mit Bumbum und Trara das Schloß verlassen hatten.

Da ging der Herr von Lindeneck an den Rosenbusch und fand dort sein Marlenchen sitzen. Das lachte und lachte, hing sich an seinen Hals und rief froh: „Kasperle ist frei! Er hat sein Versprechen nicht gebrochen."

„Wenn sie ihn nicht einfangen, den armen, lieben kleinen Schelm," sagte der Herr von Lindeneck. Aber Marlenchen schüttelte den Kopf und sagte geheimnisvoll: „Da suchen sie ihn nicht, wo er hingelaufen ist."

Frau Mummeline aus Waldrast, die im Schloß hatte übernachten dürfen, war gleich zur Prinzessin gelaufen und hatte dort gesagt: „Gewiß ist Kasperle in den Wald hinausgerannt wie damals."

Da schrie die Prinzessin im ganzen Schloß herum, man möchte im Hochwald suchen. Doch der Herzog befahl, überall im ganzen Land und namentlich an der Grenze beim Waldhaus sollten Wächter stehen. Er brummte und schalt ganz schrecklich über Kasperles Davonlaufen, am meisten aber schalt er auf die Prinzessin; die sei an allem schuld, sagte er.

Inzwischen hatte Kasperle schon den Wald erreicht. Er schlüpfte in seinem grasgrünen Kasperlekleid durch das Gebüsch, und als er einmal einen Förster daherkommen sah, warf er sich zu Boden und der Mann ging dicht an ihm vorbei und sah ihn nicht. Kasperle rannte, schlug Purzelbäume und gelangte ziemlich rasch an das Waldende. Der Morgen dämmerte schon, rosenrote Wolken segelten lustig am graublauen Himmel dahin, ein schöner Tag stieg herauf.

Als Kasperle aus dem Walde trat, sah er das Land schon ganz hell vor sich liegen, er sah aber auch auf dem Stück Landstraße, das er noch bis zu dem Schloß des Grafen von Singerlingen zu gehen hatte, Menschen wandern. In der nahen Stadt war Markt und die Landleute fuhren und trugen ihre Waren dahin.

Ein bißchen ungemütlich war das Kasperle, er dachte aber leichtsinnig: Ach was, ich schlupf' durch! Nun, er wollte gerade wieder seinen flinken Lauf beginnen, als er plötzlich neben sich etwas sehr Verwunderliches erblickte: ein Kasperle, das genau so aussah wie er. Aber es war aus Holz, und Kasperle erkannte es gleich, das hatte der gute Meister Friedolin geschnitzt. Unter der Kasperlefigurwar eine Schrift zu lesen, und weil das Lesen Kasperles schwache Seite war, dauerte es ziemlich lange, bis er die Worte entziffert hatte. Dann aber riß er freilich auch seinen Mund sperrangelweit auf. Da stand nämlich: Wer einen kleinen Buben findet, der so aussieht, der soll ihn eiligst fangen und dem Herzog August Erasmus abliefern.

Potzhundert, das war eine Geschichte! Kasperle war so verdonnert, daß er gar nicht die Schritte hörte, die sich ihm nahten, und dann fiel er vor Schreck platt um, als jemand zu ihm sagte: „Na, Kasperle, was sagst du denn dazu?"

Es war der Kasperlemann, der so redete. Der Kasperlemann, der ihn immer verfolgt hatte. Kasperle schnappte vor Angst, als wäre er ein Fischlein, das man auf ein Sofa gelegt hat.

„Du bist wohl ausgerissen?" fragte der Kasperlemann lächelnd.

„Er hat's gesagt, ich durfte," schrie Kasperle in seiner Angst.

„Du, schrei nicht so! Komm ein wenig unter den großen Baum, da, wo mein Karren steht!" sagte der Kasperlemann. „Wenn dich Leute sehen, kann's dir schlecht gehen."

„Er hat's doch gesagt!" stöhnte Kasperle.

„Wer hat was gesagt?"

„Der Herzog! Ich solle zum Teufel gehen. Und nun bin ich frei." Dem Kasperle rollten vor Angst dicke, dicke Tränen über seine Backen und der Kasperlemann sagte mitleidig: „Armes Kasperle! Wenn er dich fängt, läßt er dich doch nicht frei. Aber ich will dir helfen, denn du hast mir auch geholfen, damals, als ich mich zu einer sehr schlechten Tat habe verleiten lassen. Ich habe versprochen, es dir nie zu vergessen. Krieche mal vorläufig flink in meinen Karren! In der Ferne kommen Landjäger."

Da war Kasperle flinker im Karren, als die Landjäger ritten. „Verstecke dich nur tief hinein!" sagte der Kasperlemann. „Und wohin willst du eigentlich? Über die Grenze am Waldhaus kannst du doch nicht laufen!"

„Zum Grafen von Singerlingen, der hilft mir schon," murmelte Kasperle.

„Heiho, Kasperlemann," rief da ein Landjäger, „mit wem redest du denn da?"

„Na, mit meinem Kasperle, wie's halt ein Kasperlemann tut," antwortete der. „Ich will zum Herrn Grafen von Singerlingen und fragen, ob ich heute dort nicht einmal kaspern kann."

„Hei, wir suchen auch ein Kasperle!" antworteten die Landjäger, die näher gekommen waren und nun den ganzen Wagen umstanden. „Aber nicht so ein hölzernes Ding wie deine Kasperles, ein richtiges lebendiges Kasperle, das dem Herzog August Erasmus gehört und ihm ausgerissen ist. Wir müssen aber weiter, sonst läuft der Schelm gar noch über die Grenze."

„Viel Glück auf den Weg!" rief der Kasperlemann den Landjägern nach. Dann hockte er sich lachend neben seinen kleinen Karrenhin und redete hinein: „Nun, warten wir noch, bis die Landjäger am Schloß vorbei sind! Dann fahre ich dich hin."

Dem Kasperle war es trotz der guten Worte doch recht bänglich ums Herz. Es traute dem Kasperlemann noch immer nicht recht, und als der mit seinem Eselswagen losfuhr, seufzte und stöhnte er jämmerlich. Der Mann hörte es, und der Esel hörte es; der Kasperlemann lachte ein wenig über den furchtsamen Schelm, der Esel aber, weil er eben ein Esel war, fing ein schreckliches Gerase an vor Angst. Rumpelpumpel, hoppedihopp ging es die Landstraße entlang, der Kasperlemann mußte springen, um nur mitzukommen. Ruck, schubb, hopsassa! Innen im Wäglein purzelten das lebendige Kasperle und sein hölzerner Gefährte durcheinander, schön war es gerade nicht.

Aber auf einmal hielt der Wagen mitten aus dem Hof des Grafen von Singerlingen. Der wollte just in seinen Garten gehen und spazierte gerade über den Hof. Da sah er den Kasperlemann, und weil er ein freundlicher Herr war, blieb er stehen und fragte: „Was willst du denn?"

„Ich bringe Kasperle," antwortete der Mann.

Da streckte auch schon Kasperle seine große Nase heraus und sagte kläglich: „Jemine, jemine, der dumme Esel!"

„Na nu, wen meinst du denn? Woher kommst du überhaupt?"

„Den da." Kasperle hob sein Fingerlein, deutete auf den Esel und fügte etwas bedrückt hinzu: „Der Herr Herzog hat gesagt, ich soll zum Teufel gehen, und da bin ich hierher gekommen."

„Ei, du bist ja recht freundlich!" rief der Graf. „Hältst du mich gar für den Teufel?"

„Nä!" Kasperle grinste, und dann kletterte er ganz aus dem Wäglein, faßte zutraulich des Grafen Hand und bettelte: „Gelt, du hilfst mir?"

„Das schon, aber erst muß ich wissen, wie sich das mit dem Zum-Teufel-Gehen verhält. Hat das der Herzog wirklich gesagt?"

Kasperle nickte, und dann erzählte er treuherzig, wie er den Herzog dazu gebracht hatte.

„Ei, du Schelm, du!" Der Graf lachte herzhaft. „Da kann ich mir denken, daß der Herzog dein Ausreißen nicht gelten lassen will. Er mag sich recht ärgern."

„Aber er hat's doch gesagt!" Kasperle schaute kläglich drein, er fand, gesagt war gesagt. Und das fand auch der Graf von Singerlingen, gesagt war gesagt. Also durfte das Kasperle schon ausreißen, und er versprach ihm seine Hilfe. „Ich fahre dich ins Waldhaus," versprach er.

„Aber an der Grenze wird's bös," erwiderte der Kasperlemann.

„Bah, in meinem Wagen sucht niemand nach!" Der Graf befahl gleich das Anspannen, ließ im Wagen die Fenster verhängen, und dann ging die Reise los. Oben blies ein Diener ins Horn: „Trarira, Trarira!" und lustig liefen die Pferde die Landstraße entlang.

„Hei, da fährt der Graf von Singerlingen!" sagten die Leute, und weil sie den Grafen gern hatten, nickten und winkten sie und riefen: „Guten Tag!" und „Glückliche Reise!"

Ein Städtchen kam. „Trarira, trarira!" rasselte der Wagen hindurch. Vor einem Wirtshaus saßen Landjäger, die hatten ein hölzernes Kasperle aufgestellt und sie riefen: „Wer einen findet, der so aussieht, der soll ihn festhalten; er bekommt eine große, große Belohnung."

„Trarira, trarira!" Der Wagen des Grafen von Singerlingen rollte vorbei. Niemand sah hinein, niemand vermutete das Kasperle drin.

Dörfer kamen, wieder eine Stadt, dann wieder ein Dorf. Und als Kasperle in seiner Nähe einmal ein bißchen hinaussah, prallte er erschrocken zurück. Jemine, das war ja Protzendorf!

Auf einem Felde stand eine Magd. Ihr Haar glänzte in der Sonne wie lauteres Gold, sie schwang ihre Sichel und sang dazu. Hell tönte ihre Stimme und Kasperle sagte leise: „Das ist die Dörte vom Bauer Strohkopf."

„Ach so, die das Lied gesungen und dir den vortrefflichen Rat gegeben hat!" antwortete der Graf. „Na, warte, sie soll sich heute noch freuen!" Er ließ halten und fragte die Magd, ob sie ihm wohl etwas zu trinken bringen könnte.

Dörte lief eifrig und holte aus einem nahen Quell Wasser für den Grafen und der sagte: „Halte beide Hände auf!" Und er schüttelte Goldstücke in die ausgebreiteten Hände und rief: „Das ist für den guten Rat, den du Kasperle gegeben. Nun, Kutscher, fahr' zu!"

„Trarira, trarira!" Da kam die Grenze. Dort standen gleich vier Landjäger, die riefen alle vier: „Hier darf niemand vorbei!"

„Ei, potz Wetter!" rief der Graf von Singerlingen, „wer will mich nicht vorbeilassen? Ja, das wäre ja eine neue Mode!"

„Wir sind der Graf von Singerlingen," schrie der Kutscher, und der Diener blies so laut „trarira, trarira!" daß die Landjäger ganz erschrocken zurückwichen.

Und da war die Grenze und da rollte der Wagen darüber, und da — steckte das Kasperle seine freche Nase zum Wagenfenster hinaus.

„Kasperle, Kasperle!" schrien die Landjäger. „Ganz gewiß, er war es!"

Aber der Wagen war vorüber, der rollte durch den Wald, rollte auf dem weichen Boden dahin, und auf einmal war das Waldhaus da und — vor dem Waldhaus saßen Meister Friedolin, Mutter Annettchen, die schöne Frau Liebetraut und Herr Severin mit ihren Kindern.

Ganz wunderhold aber saßen da auch Rosemarie und der Geiger Michele. Die waren just zu Besuch in das Waldhaus gekommen. Und gerade hatten sie alle von Kasperle gesprochen, als der Wagen hielt und das Kasperle mit einem großen Satz heraussprang. „Er hat gesagt, ich soll zum Teufel gehen, hurra, hurra!" schrie er, „ich bin frei, ich bin frei!"

Auch der Graf von Singerlingen stieg aus, und als er das Waldhaus sah, uralt und putzniedlich, da sagte er, er könne schon begreifen, daß Kasperle so gern hier sei, lieber als im Herzogsschloß.

Der Graf trank mit Kaffee und aß von dem Kuchen, den die schöne Frau Liebetraut gebacken hatte. Dann sah er sich Meister Friedolins Kasperlepuppen an, fand eine, die so groß wie das Kasperle selbst war, und meinte, die möchte er wohl dem Herzog mitbringen. Meister Friedolin gab sie ihm gern. Der Graf stieg wieder in den Wagen und versprach Kasperle, er wolle das Marlenchen grüßen, vielleicht dürfe ihn die Kleine einmal besuchen. Dann ging es fort mit

Trarira, und als der Wagen an den Landjägernvorbeikam, ließ der Graf das hölzerne Kasperle hinausgucken. Da sagten die Landjäger verdutzt zueinander: „Er bringt es ja wieder mit!"

Auch auf dem Herzogsschloß riefen die Diener zuerst alle: „Der Graf von Singerlingen bringt Kasperle!"

„Hach," schrie die Prinzessin, „er will mich gewiß heiraten! Flink, flink, ich will mein allerschönstes Kleid anziehen!"

Doch der Graf wollte die Prinzessin nicht heiraten, und das richtige Kasperle brachte er auch nicht mit. Er sprach nur lange und ernsthaft mit dem Herzog, und da sagte der, er wolle das Kasperle nie mehr verfolgen, auch nicht, wenn es das Marlenchen besuchen würde. Ja, zuletzt schrieb der Herzog sogar einen Brief, in dem stand, Kasperle solle nicht eingesperrt und bestraft werden, wenn er in des Herzogs Land käme.

Als der Graf von Singerlingen gerade das Schloß verlassen wollte, traf er die Prinzessin, sehr schön angetan, auf der Treppe. Der hielt er den Brief vor die Nase und die Prinzessin wurde ganz gelb vor Ärger und sie rief eiligst nach ihren Kammerfrauen, die sollten ihre Sachen packen, sie würde nicht mehr wiederkommen.

Der Graf von Singerlingen reiste ab, er fuhr zu Marlenchens Vater und lud Marlenchen zu sich ein; sie sollten vier Wochen lang mit Kasperle zusammen bei ihm bleiben.

Auch die Prinzessin reiste ab und der Herzog blieb allein in seinem Schloß. Da spürte er erst, wie lustig es doch mit dem Kasperle gewesen war. Er stieg hinauf auf den Turm, sah aus Kasperles Zimmer über das weite Land hin, und er dachte an das kleine Waldhaus, von dem Kasperle ihm erzählt hatte, an die glücklichen Menschen, die dort wohnten, und das Herz wurde ihm sehr, sehr schwer. Warum ist nur das Kasperle nicht bei mir geblieben? dachte er. Und da war es ihm auf einmal, als riefe in seinem Herzen eine Stimme: Du bist schuld, du bist schuld!

Der Herzog seufzte. War er wirklich schuld daran? Er mußte daran denken, wie oft er schlechter Laune war, unfreundlich gegen seine Untergebenen, mürrisch, hart, und das arme kleine Kasperle hatte er eingesperrt hier in dem Turm, hatte es auch hungern lassen und nicht bedacht, daß eben ein Kasperle ein Kasperle bleibt und Gesichter schneiden und unnütze Streiche machen muß. Und nun hatte er das Kasperle verloren, das so lustig durch das Schloß geflitzt war, und eigentlich hatte das Kasperle ihm doch etwas sehr Gutes angetan, es hatte ihm seinen Glücksring zurückgebracht.

Da stand der Herzog plötzlich wieder auf und stieg in sein Arbeitszimmer hinab. Dort setzte er sich hin und schrieb einen Brief.

Am nächsten Tag, als Kasperle sehr vergnügt vor dem Waldhaus sich herumkugelte, kam auf einmal ein Reiter dahergeritten. Der rief schon von großer Weite: „Hollahe, Kasperle, Kasperle!"

Na, da blieb dem Kasperle aber doch der Mund offen stehen! Denn der Reiter war niemand anders als Veit. Der hielt einen großen Brief und sagte: „An dich, Kasperle, vom Herzog!"

Es war gut, daß das Michele zur Hilfe kam und den Brief lesen half, allein hätte Kasperle es wohl gar nicht fertig gebracht. Der Brief aber lautete:

Mein liebes Kasperle!

Ich bin dir gar nicht mehr böse, und ich lade dich ein, mich recht, recht bald zu besuchen. Du sollst so viel Spaß machen können, wie du willst, und die Prinzessin Gundolfine darf dich nie wieder verklagen.

Mit einem schönen Gruß für dich, mein liebes Kasperle,

Dein Freund Herzog August Erasmus.

Hurra! hurra! Kasperle stand flink mal Kopf vor Vergnügen, und dann lief er in das Haus hinein, purzelte in die Stube und schrie: „Ich bin eingeladen, eingeladen, eingeladen!"

„Jemine! Von wem denn?" fragte Meister Friedolin.

Da stellte sich Kasperle feierlich hin und sagte stolz: „Vom Herzog, der ist jetzt mein Freund."

Aber ach, mit der Freundschaft war es gar nicht weit her!